ベスト・エッセイ

THE
BEST ESSAY
2021

日本文藝家協会編

光村図書

ベスト・エッセイ　2021

目次

本書収録の作品は全て2020年に発表されたものです。

装幀　Boogie Design
表紙　げみ

ベスト・エッセイ　２０２１

よねー予想

北大路公子

　数年前から我が家で繰り広げられている「次に何が壊れるか選手権」が、いよいよ混沌としてきた。これは文字通り「家の中で次に壊れそうな物」を予想する大会で、開催地は例によって私の脳内だ。

　きっかけは立て続けに起きた家電の故障である。むろん、それ自体は仕方のないことだ。時は流れ、人は歳《とし》を取り、万物は流転する。物は古くなり、やがて壊れ、販売店に問い合わせると、電話の向こうで顔も知らぬ相手が切々と諸行無常を説いてくるのが常だ。曰《いわ》く、

「部品はもう製造中止になっちゃってるんですよねー」

　この「よねー」が切ない。物が壊れるのはいいとして、こんな無慈悲な「よねー」が

あろうかと思うのだ。「よねー」が続き、私の心と財布が悲鳴をあげた時、せめて次に何が壊れるかを予想し、心の準備をしておこうと思ったのが、「次に何が壊れるか選手権」である。

しかし、実際やってみてわかったが、この予想が驚くほど当たらない。当初、本命は洗濯機だった。押しボタン式のスイッチがバカになったのである。何度押しても、すぐにボタンが戻ってきてしまう。押している間は電源が入っているので、理屈としては洗濯終了まで押し続ければいいのだが、それでは何のための全自動であるかわからない。とりあえず昭和の応急処置的にボタンの隙間に爪楊枝《つまようじ》を噛《か》ませてみたら、これが案外うまくいって「いずれ買い替えねば」と思いつつ延び延びになってしまった。

その間にも電子レンジが突然加熱を拒否し（買い替えた）、冷蔵庫が冷却を拒否し（部品を交換した）、ほぼ同時期にトイレが壊れた。水が止まらなくなったのだ。時刻は夜の8時半、タンクを覗《のぞ》いてみたり、便器の蓋を闇雲に開閉してみたり、夜でも来てくれる業者をネットで探したり、ついでに修理費用を調べて気が遠くなったり、そんな私を見ていた亡父に「あんた太ったね」と言われて史上最大の、「はあ？　今？」が出たりしながら、結局、タンクと便器の全交換となったのである。

以降も、予想は外れ続けた。不穏な気配のＰＣやガスコンロを差し置いて、先に外階段の修理が必要になり、オイルサーバーは異音を発し、ストーブは挙動不審で現在、分解修理中である。業者からの「燃え方が不安定ですか」「モーター音が大きいですか」「ガラス筒の内側に煤《すす》がついていますか」という問いに対する答えが全部「はい」だったので、ひょっとすると例の「よねー」が発動するかもしれない状況だ。

そこへもってきて、数日前から玄関と廊下の境にあるガラスの引き戸が動かなくなってしまった。伏兵登場である。戸車を交換すればいいのだろうが、そもそもガラス戸が重くて、外すことすらできないのだ。

長く住んでいれば人も家も傷むものとはいえ、こう続くのは呪いか何かか。ぼんやり考えながら草むしりをしていたら、今度は外壁にとんでもないものを発見してしまった。穴である。壁のモルタルが剝がれて中の木組みのようなものが見えているのだ。『日本昔ばなし』のものすごく貧乏な家でしか目にしたことのない光景である。つい指をさしてゲラゲラ笑ってしまったが、笑っている場合ではないことにすぐに気づいた。

次に何が壊れるか選手権、大穴として「家」が急浮上してきたのである。

きたおおじ・きみこ（エッセイスト）「日本経済新聞」七月二十五日・夕刊

小説を書いてみては

星野智幸

今年は何か新しいことを始めたいと思っている方、小説を書くなんていかが？

「小説家」を目指そう、と言っているのではない。小説で食べていけるのはほんの一握りの小説家だけ、と少し前まで言われていたけれど、今ではほんのひとつまみの小説家のみ。職業としては絶滅危惧種です。

私がお勧めするのは、読まれない小説を書くこと。人の目を意識しないで書くこと。伝えようなどと思わずに書くこと。

そんなものに意味があるのか、と思うかもしれないけれど、あるんですね。やってみればわかる。

そもそも小説って何なのか。いろいろ定義はあるし、人によって矛盾しているから、一概には言えないけれど、私がこのところ重視している要素は、「人それぞれの立場」が、どれも優劣なく断罪もされずに等価に描かれる物語であること。

例えば、恋人やパートナーや親や子どもなど、生活を共にしている人と、どうしても乗り越えられない行き違いがあって、日々鬱憤《うっぷん》がたまっているとする。どう言っても相手は理解しようとせず、口を開けば非難の応酬で、二人とも疲れ切っている。

この不満を少しでも解消するのに、信頼する友人に愚痴るのもいい。日記に書くのでもいい。インターネットでぶちまけるのは、少し問題があるかな。

一番いいのは、小説にしてしまうこと。まずは自分の一人称で、とにかく言いたいことをセリフの形で書きまくる。起承転結をつけるとか、文章が正しいとか、筋が通ってるとか、言葉がこなれているとかは、気にする必要なし。誰も読まないのだから。とにかく、自分の中から出てくるがままに書きつける。

次に、同じセリフを、今度は一人称ではなく三人称で、「星野」でも「トモ」でもいいから、名前をつけた登場人物を設定して書く。そして、セリフでない地の文で、その人物の心情なんかを分析してみたり、ビールを飲ませたり、風呂につからせたり、好きな音楽をかけさせたりしてみる。

これだけで、一人称で自分の言い分を書いていたときよりも、だいぶ客観的な気分になるだろう。


さらには、相手の言い分もしっかりと書くようにする。主人公「トモ」の言葉に対し、相手の「ユキ」はどんな反論をするか。どんな感情を見せ、どんな態度を示すか。

そして最後は、相手の一人称で、同じ場面を書き直す。まずは「俺」という一人称で「ユキ」への不満を書き、次に「トモ」という主人公と「ユキ」との口論を書いたなら、最後は「私」の「トモ」に対する不満を書くのである。

このときに大事なのは、「私」になりきること。「トモ」目線で都合よく解釈するのでなく、「ユキ」である「私」にとって自然な感情や理屈をしっかり想像する。「俺」の常識や感情はいったん封印しておく。

他人になりきってみることに限界はあるけれど、そこは小説。フィクションでいいのだ。たとえ間違っていても、かまわない。しかも、読まれないし。

肝心なのは、自分以外の人間の視点を、自分と同じくらいの重きを置いて想像すること。

自分にとってのリアリティーと他人にとってのリアリティーには違いがあるかもしれない、と思って、自分をカッコにくくること。

世の小説は、すべての登場人物にこの作業が施されて書かれている。むろん想像力だけで理解可能なわけではなく、例えばその人が車椅子使用者なら、日常でどんな困難があるのかは調べなくては知りようがない。男の私には、女性がどんな不公平を感じているのか、聞かなくてはわからない。不思議なことに、他人を懸命に書くと、自分に見えなかった自分の姿も見えてきたりする。

そこまで労力をかけて書いてみれば、自分の人生はほんの少し楽になってくる。かもしれない。断言はしないけれど、魂には効きます。お試しあれ。

ほしの・ともゆき(作家) 「信濃毎日新聞」一月二十五日

オンライン授業 事始め

伊藤比呂美

2月は他人事だった。

3月はおろおろした。

いろんな企画が次々中止になっていった。私はベルリンに閉じ込められた友人とオンライン通信のSkypeで話し続けた。それからカリフォルニアで動けなくなった娘たちとはWhatsAppというアプリで話し続けた。

ここ数十年で初めて私は、一つの場所（家）に居続けることになった。陳腐な比喩だが、回し車が故障したハムスターみたいなものだった。

それで植物を必死で植え替えた。犬とひたすら散歩した。それからすがるように本を読んだ。

4月になったら緊急事態宣言で、私たちも動けなくなった。勤めている大学も閉鎖されてしまった。大学は5月の連休明けにオンラインで始まることになり、今期いっぱいオンラインが続くことになった。それでオンライン授業のことが頭にのしかかってきた。

学生のWi-Fi環境が悪いとか、学生はコンピュータを持ってないとか、Zoomというオンライン会議のツールを使って授業をするのだが、リアルタイムで一斉に接続すると容量オーバーになるかもしれないとか、あちこちから聞こえてきた。日本がＩＴ的にガラパゴスだと聞いてはいたが普段の暮らしでは感じなかった。まざまざ知って驚いたのなんの。

オンラインのための機器は売り切れで手に入らなかった。あるもので間に合わすしかないのがすごく不安だった。そしてオンライン授業が始まったのだった。

人に向かって話すという行為は「気」のやりとりだ。学生の「気」に反応して言葉が出てくる。そこに存在して声を出せば、空気が振動して声や存在が人に伝わる。私はそう思っていたのだった。だから、なかなか対面しているようにはいかないだろう、と。

ところが今、３００人のZoomのクラスで、学生たちの顔を見えない設定にしてあるのに、かれらの存在をものすごく近く感じる。それはチャット機能のせいだ。誰もいない画面にむかって「意見聞かせて」と呼びかけると、300人の意見が短い言葉になってなだれこんでくる。

今までは肉眼で300人を見て一人一人を認識しようとしていたが（とても難しかった）、今それはあきらめた。そのかわり一人一人の言葉が、一瞬だが確実に画面にうつる。そして消える。

それがあまりに早いから、今、確かにいたのにいなくなってしまったと何度も思った。授業は進行中で、新しい言葉はどんどん画面に現れる。ゆっくり読み返して考えている暇がない。でもスクロールすれば言葉は残っており、学生の存在もそこにある。

オンラインのおもしろさはまだある。創作クラスを二つに分けた。

こっちの労さえいとわなければ、学生はバイトもないから家にいるし、教室はZoomの空の上だからいつでもできる。それで、1クラス40人という中学校みたいな人数で詩や小説の指導をする無謀さが解消できた。

その上どこからでもゲストを呼べる。時差さえなんとかすれば、アメリカだろうが南極だろうが、テレポートするみたいに行き来できる。

おもしろいおもしろいと言いまわっていたら、国立大学で教えている友人から反発された。

これでうまくいくなら、そのうち一人で複数大学の授業を一括で担当させられ、少ないポストがさらに減らされ、人件費も削られ……と言われて、そうか、ノーテンキにおもしろいだけじゃすまない事情があるんだなと思った。

楽しそうですね、楽になりましたかと人に言われるが、それは違う。集中するのに使うエネルギーはオンラインの方が多いようだ。疲れ果てる。出勤時間はかからなくなったけれども、準備も学生の相手をする時間も前より増えた。

不安なのだ。そこにいないことや相手につながってないことが。私でさえそう思うんだから、若くて不安定な学生たちはもっとずっと不安でたまらないだろう。それで小まめにメールやLINEやZoomで連絡する。

茨木のり子さんに「わたしが一番きれいだったとき」という詩がある。戦争に青春を奪われた若い人の体験を伝えている。今は私の学生たちがまさにその状況だ。かわいそうだなと思いつつ私は考える。会えない、つながらない、いるべき人がいないという悲し

み　そして不安は、詩や小説の原点ではなかったか。

「これからの苦難や日々の不安をどう表現するか、それを考えることができる、文学をやるものとしてこんな時に生まれ合わせたことを喜べ」と言って私は学生に叱られている。

いとう・ひろみ（詩人）　「日本経済新聞」六月六日

栞《しおり》と山椒魚

佐藤雅彦

ふいに隣に立っていた女性がうずくまった。都内の大学に向かう地下鉄の中でのことであった。もう夕方近くになっていて、そろそろ通勤客が増え出すという頃で、車内は、やや混んでいた。

私は、重いカバンを持ち、吊革につかまり、ぼんやりとしていた。私の斜め前には、頭髪も少なくなってきている一人の男性が座っていて、本を膝の上に広げていた。やや太めのその男性は、会社勤めの方のようではなく、かなりラフな身だしなみで、定年になって三、四年という雰囲気であった。

今や、電車の中では、新聞を読む方はほとんど見かけず、本を読む方も、以前に比べるとかなり少なくなった。スマートフォンを手にしている人がほとんどの中、上製本に目を落としている姿は珍しく、それ故、私も憶えているのだろう。

でも、熱心に本を読んでいるかというと、そんな様子は感じられず、時間つぶしになんとなく開《あ》けている、という印象であった。文字しかないように見えたから、何かの小説を読んでいたのだろうか。私の右隣の女性は、その男性の真ん前の吊革に手を掛け、立っていたのだった。

その女性がさっとうずくまったのは、それから三駅か四駅、進んだ頃だったと思う。どうしたのかと振り向くと、女性の足元に長方形の白い紙が見えた。栞だ！　と私は思った。同時に、先程の本から滑り落ちたんだと察した。その当事者の男性はというと、本を膝に広げたまま、眠り込んでいた。十数分前の熱のこもっていない読書の様子から、この眠りは容易に納得ができた。女性は栞を拾うと、立ち上がりつつ、男性の膝に置かれた本の上に、そっとそれを乗せた。瞬時の出来事であった。

多分、私を除けば、その車両に乗っていて気づいた人間はいなかったと思う。栞をもどしてもらった本人でさえも。その位、自然な振る舞いであった。目の前に座っている男性の本からひらりと落ちていった栞を見て、なんのためらいもなく、しゃがんだのだ。私は、その奇特さに小さく感服をし、どんな方か見たくなった。しかし、隣に立っている女性をわざわざ覗き込むほど無神経ではない。窓ガラスに映り込んだ姿からは、すらっとしていて、スーツを着ていて、20代後半という感じを受けた。しばらくして、大きめの乗り換え駅に着き、多数の乗客が乗り降りした。私の前の席も空き、私は座り、重いカバンを膝の上にやれやれと乗せた。本を膝の上に乗せたまま眠っていた男性は、今や、私の左隣になって、相変わらず、眠りこけたままである。彼の本の上には、先程の栞が何事もなかったかのように鎮座している。その時、私は、先程の女性も、今の乗り換え駅で降りたことに気がついた。私の小さな感服は、伝わったのだろうか、いや、それは無理な話だろう。

隣の男性の手が動き出した。目が醒めたのだ。膝に置かれていた本を少し顔の方に向け、読み出した。しかし、相変わらず、熱のはいっていない読書であった。栞を本の喉にちょっと押し込んで、読み始めたわけだが、栞がそこにもどったいきさつは、知る由もない。栞が本から滑り落ち、普通なら、そのまま乗客の足蹴にされ、持ち主が気がつかないまま、ゴミとして捨てられてしまうという危機から救われたなんて、思う由はないのである。

その真実を知っているのは、彼女と私だけなのである。彼女だって、あの自然な振る舞いからして、もう忘れたことかもしれない。とすると、この事実を知っているのは、私だけ……。

この些細な出来事は、なぜか独特なざわつきを持って心に残った。この世の中は、数多《あまた》のことが我々の感知しえないところで起こり、それで成立していることを象徴的に見せられたからなのか？　確かに、私たちの生活、大袈裟に言えば、存在すらも、自分が知る由もない無数のことで担保されている。そんな教訓めいたものを、この栞の一件は指し示してくれているようにも思える。いや、むしろ最初は、そう考えるのがいいと思っていた。しかし、栞を巡る一連の出来事を、ふと思い出す時に感じるざわつきは、そんな教訓とは異なる気がしてならないのである。

私は、小学校の高学年になると、日曜日には決まって自転車で『冒険』に出かけた。一人の時もあるが、ほとんどは、近所に住む友達と、二人とか三人で出かけた。『冒険』の行く先は、駿河湾に面した波の打ちつける岩場だったり、休みで人のいない遠くの造船所だったり、潮流の仕業《しわざ》で砂鉄ばかりが集まる砂浜の一角だったりした。

ある日曜日、朝ご飯を食べて外に出ると、もう友達のYが自転車と一緒に待っていた。網元の息子であるYは、他の漁師の子どもと違って、粗野なところがまったくなかった。

今日の『冒険』どこに行く？　私は、道龍川《どうりゅうがわ》を上流まで辿ってみないか、と答えた。いつもの海周りの『冒険』でないところが興味をそそったのか、即決で、行こう行こうとなった。私が生まれ育った村には、大川と道龍川という二つの川があったが、私は、小さい方の道龍川が好きだった。海との境の汽水の場所では天然のウナギがよく取れた。

Yと私は、川に沿って、上流へとどんどん自転車を漕いだ。山に近くなると、勾配がきつくなってきたが、それでも、力いっぱい漕いだ。とうとう、自転車では登れない急勾配の所まで来て、そこに自転車を置き、その後は、川伝いに徒歩で登ることにした。その頃には、道龍川は、幅が1、2メートルほどの沢になっていた。高い樹が、沢に被さるように茂っていた。人など来ない沢沿いのごろごろ岩を必死で伝い歩き、小一時間も過ぎた頃だろうか、急に人工物が現れた。コンクリートで作られた堰《せき》だった。こんな所にも既に人間が来ている、私たちは驚いた。そして、その堰を『ダム』と呼んだ。規模は、極小ではあるが、格好は立派なダムであった。樹林に囲まれた急な流れを一旦止める役目の『ダム』は、まるで大自然に象嵌《ぞうがん》されているが如くであった。そのダムの下には、澄んだ水が溜まり、深い淵のようになっていた。Yと私は、水際に立ち、呆然として、その淵を眺めた。どこまでも透明な水は、深さが2メートルも3メートルもあることを教えてくれた。大きな岩が重なりあうように底を造っていた。山奥の急勾配の地で、突如、我々の目の前に現れた『ダム』と水の溜まりは、『冒険』の成果としては充分であった。

その時、突然、淵の底の大きな岩が動いた。6、70センチもあろうという塊が、のそっと動いて奥の深いところに向かったのである。

「山椒魚だ、山椒魚だ、大山椒魚《オオサンショウウオ》だ！」私は叫んだ。Yは無言で、その行方を見ている。私が山椒魚を見たのは、それが初めてで最後でもある。山の神にも思えたその存在に、私たちは、動けなくなった。間違いなく、この大山椒魚の存在を知ってしまったのは、僕ら二人だけだろう、そんな気持ちだった。そして、小学生の心は、誰も知る由もないことに遭遇できた有り難さでいっぱいになったのだった。

混んだ電車での栞を巡る一連の出来事とあの大山椒魚は、同じであった。片や、出来事で、片や、一匹の生物なので、並び称するのは妙かもしれないが、私にとっては、「誰も知る由もない有り難いこと」という点で、心の中に並んでしまったのである。同じ引き出しの中に、入っているのである。

栞を拾い上げて、元あったところに人知れず返す行為は、その行為があろうがなかろうが、世の中は、一見、変わるわけではない。でも、そんな稀少なものが確かにこの世界に存在している事自体を、私は目撃したのである。私が感じ入ったのは、自分たちの知らないところで、誰かが、何かをやってくれているんだよというような教訓話では、まったくなかったのである。

山奥の大山椒魚は、私たちに具体的なことは何も及ぼさない。強いて言うなら、いてくれているだけである。こんな有り難いことはないと、二人の小さな冒険家は、あの時、感じたのである。そう、私は、都心の地下鉄の中で、山椒魚を見たのであった。

さとう・まさひこ（東京藝術大学大学院映像研究科教授）「暮しの手帖」5月号

ことばの来し方

青木奈緒

　普段、何気なくことばを使って人と会話し、自分の意図は伝わったと信じ、自らもことばを使ってものごとを考えている。空気や水と同様、大切だが、在ることがあたりまえで、ことばの意味をひとつひとつ確認していたら、日常生活は立ち行かない。

　だからといって、ことばを粗末に扱って構わないなどとは思っていない。自分の持っている語彙力、ことばを使う能力は意識して磨かねば気づかぬうちに失われ、歳を重ねるごとに円熟味を増すどころか、骨粗鬆症のようにすかすかになってしまう。ことばに関する限り、断捨離しても風通しがよくなるわけでも、身軽にもなるまい。

　ことばは、そのことばを使う人たちと共有する財産なのだが、自分では共有しているつもりで、できていないことがある。大抵は無知か、覚え違いである。中学生になって、「凡例」を「ぼんれい」と読んで失敗したことがある。大人になる過程で、その程度の恥ずかしい思いは何度したことか。直せば済むこと、調べればわかることと思っているから、なかなか身につかず、肝心なところで自分は詰めが甘いということもよく承知している。それを自覚しているだけ、まるで考えないよりは希望があると思って自らを慰めている。

つい三年ほど前、格言をひとつ、間違って覚えていることに気づいた。「過ぎたるは及ばざるが如し」とか、「過ぎたるは猶及ばざるが如し」という。何かをし過ぎることは足りないことと同様、よろしくないという意味で、原典は「論語」、孔子の教えである。

これを私はどうしたことか、「過ぎたるは及ばざるに如かず」と覚えていた。「如し」を「如かず」とすれば、過ぎるのも足りないのも両方ともよろしくないとした孔子の均衡は破られ、物足りないのはまだマシで、度を越せばより悪いこととなる。

意識してそう覚えたつもりもない。ただ、なんとなくそんな口調で覚えていただけである。会話の中では「過ぎたるはなんとやらって言うからねぇ」などと、ぼかした使い方をすることもあるし、もしかしたら「百聞は一見に如かず」や「三十六計逃げるに如かず」と混同したのかもしれない。

私にはありそうなことだと一応納得したものの、念のためと思って母の青木玉に尋ねると、なんと母まで当然のように「過ぎたるは及ばざるに如かず、でしょ」と言う。私はあっけなく、責任回避の安堵を覚えた。母がそう言い習わしてきたなら、瓜の蔓にやっぱり茄子はならないのだ。

なぜ母が思い違いをしたかはわからない。母は戦後の混乱期とはいえ大学の国文科を出ており、性格も私よりはるかに慎重である。間違えて覚えたというより、母方の幸田の家の気質が出過ぎることを嫌ったのではないかという気がした。実際、「過ぎたるはなんとやら」という言い方は、母や祖母・幸田文の口調でも私の耳に残っていた。原典である「論語」は曾祖父・露伴の十八番のようなもので、いつのまにか自己流に変化させたのだろうと、そのときはそれ以上気に留めずに過ごしていた。

それから一年か一年半が過ぎたころ、何気なくテレビをつけていて、はっと目が吸い寄せられた。歴史を扱った番組で、江戸時代を治めた徳川将軍家の話だった。それ自体、決してめずらしいものではなかったが、徳川家康の遺訓が紹介されていた。「人の一生は」で始まるさほど長くない文章で、その最後が「及ばざるは過ぎたるよりまされり」となっているのだ。

なるほど、さもありなん、という気がした。幸田の家は代々徳川幕府に表坊主として仕えており、身分は武士だが、剃髪して黒の十徳を身につけていた。歌舞伎や時代劇でも時折見かける、登城した大名の世話役であり、早い話が城内の雑用係である。当時の先祖が何を考えていたか知る由もないが、そうした身分にあれば、ピラミッドの頂点に君臨する家康公の遺訓は絶対であろう。出過ぎるよりは控えめを尊ぶ精神は、臣下の生活の隅々にまで行き届いていたのではないだろうか。

祖母や母の話を聞き、書かれたものを通じて、私がわずかなりとも家の中の雰囲気を想像できるのは曾祖父・露伴のころまでで、露伴は慶応三（一八六七）年、二百五十年余の徳川幕府が瓦解し、明治新政府へと移り変わる年に生まれている。露伴の父母にとって明治維新は世の中がひっくり返るほどの価値観の変化だったという。露伴は明治という新しい時代を生きており、もとより万事控えめに忠勤に励むというタイプではないが、大きく打って出るべきときの見極めは厳しかったという印象を受ける。自分を客観視し、自前の尺度に照らして物ごとを判断している。

こうした見方は露伴の母・猷《ゆう》の家事全般の教えの中にも色濃い。出しゃばりもせず、かといってめり込みもしない丁度のことを指す「出ず入らず」や、ほぼ同義だが、やんわりとした上品さが醸し出される「程がいい」という表現にも現れている。いずれも、分相応か不相応かの基準の上に成り立つ価値観であり、分相応の「分」、つまり前述の「過ぎるか、及ばないか」を分かつ一線がどこにあるのかといえば、それは家族やお互いよく理解しあっているコミュニティの中で長年培われてきた内々の感覚なのだろう。

「出ず入らず」や「程がいい」ということばは、時を経て今の私の日常にも生きている。日々、あたりまえと思って使っていることばが自分の語彙となるまでの経緯をさぐろうとしてもわからないことが多い。だが、ふとしたきっかけで手がかりを得ることがある。過去からのつながりを体感し、今を生きる自分を介し、ことばの命がこの先もつながることを願っている。

あおき・なお（エッセイスト）「かまくら春秋」5月号

うたびとの業《ごう》

小佐野　彈

思わぬ場所で、思わぬひとととばったり出くわすことがある。それは「縁」かもしれないし、あるいは「業《ごう》」かもしれない。

先日、ラトビアへ出かける機会があった。「リガ散文朗読祭」（Prose Reading Festival in Riga）の二〇一九年のテーマが「東方から昇る太陽」すなわち日本、ということで、中島京子さん、小川糸さんと共に招待を受けたのだ。

滞在中の仕事として自作の朗読とディスカッション、国立図書館への自著の寄贈式典などがあったけれど、余暇の時間には現地文化省のスタッフの方が、リガ市内を案内してくれた。

「バルト海の真珠」という異称にふさわしく、リガは隅から隅まで美しい。中世のドイツ人によって築かれたかつてのハンザ都市は、街そのものが美術館だ。あまりに見どころが多くて、首が疲れてしまう。

いっぽう、二日目に訪れたラトビアの国民的詩人・独立運動家のライニスと、その妻アスパジヤ（彼女もまた詩人であり、フェミニズムの活動家だった）が暮らした旧居は、正直に言ってちょっと不気味な空間だった。美しい旧市街の中心にある古い建物の内部は（おそらくわざと）照明が落とされていて、夫妻のライティング・デスクやソファ、愛用のピアノなどが、窓から差し込む弱々しい冬の日差しにかろうじて照らされていた。往時の様子を再現するべく、音響と映像を駆使した様々な「仕掛け」があって、廊下を進んでゆくと突然旧式の電話のベルが鳴り響き、なにげなく暗い部屋を覗き込んだ途端にカリカリとペンを走らせる効果音とともに執筆中のライニスのイメージ映像が壁に映し出されたりする。多分に趣向を凝らした展示空間は、さながら「ホーンテッド・マンション」だ。

「ここはたくさんの本が置かれていた部屋です」

見学も終盤に差し掛かったころ、ガイドの女性が立ち止まった。指し示された部屋にはあかあかと灯りが点っていて、壁紙や家具も暖色系だった。数々の「仕掛け」に内心かなりビビっていた僕は、ここでやっと一息つくことができた。蔵書のほとんどは別の場所へ移されたけれど、一部は部屋の書架に残っているのだという。

「日本に関する本もあります」と、ガイドが一冊の古書を書架から取り出してくれた。二十世紀初頭の本らしい。百年前の、異国語の本だ。

「どうぞ」と言われて、おそるおそる色褪せた表紙をめくる。すると「Manjioshu」という文字が目に飛び込んで来た。「万葉集」だ。ラトビア語はさっぱりわからないのに、目が勝手に字面を追ってしまう。ページをめくってゆくうちに、五行書きの詩らしきものを見つけた。下に「Nukada」とある。次のページの詩の下には、「Akahito」。彼らのどの歌なのかはわからない。でも、日本から遠く離れたリガの街で、額田王と山部赤人にばったり出くわしてしまったのはたしかだった。それも百年越し、に。

「——小佐野さん、ライニスの家で『万葉集』に出会ってから、急に元気になったね」

詩人の旧居を出て次の目的地に向かって歩くさなか、やさしい笑顔を湛えた小川糸さんが呟いた。

「え、マジですか」

「うん。やっぱ歌人だね。縁があったんだよ」

小説家として招かれたラトビアの地で、ゆくりなく額田王と赤人にめぐりあったこと。

「縁」というより、もはや──

「業、かもしれません」

小説を書いているときも、旅をしているときも。あるいは運転中、果てはトイレのなかにまで。歌は、常にまとわりついて来る。「業」と呼ばずして、なんと言えばいいのだろう。

翌日、日本大使館に表敬訪問した際、川口駐ラトビア大使からラトビア語についてのお話を伺った僕は、「業」の深さをとことん思い知ることになる。なんでも、ドイツ語やロシア語が支配的だったラトビアにおいて初めて出版された自国語の本は、四行定型の民俗詩集なのだという。その定型詩集によって「ラトビア語」が文字言語として成立したのだとか。日本語が、「万葉集」によって万葉仮名《がな》を獲得し文字言語として成立した過程とそっくりだ。

万葉の世から連なるうたびとの「業」が、時空を超えてラトビアという美しい国に僕を連れて行ってくれたのだ、と思う。

おさの・だん（歌人）　「すばる」3月号

代本板とZoom

永田　紅

小学生になった娘が、学校の図書室から本を借りてくる。個人カードを機械でピッと読み取って貸し出しの管理をしてもらっていると聞き、ふいに、私の子ども時代にあった「代本板」を思い出した。

木製の直角台形の板で、側面に学年、組、名前が書いてある。この板をもって図書室へゆき、借りたい本を抜いたあと、空いた隙間に差し込む。まさに、本の占めていた空間を埋める、物理的代用物。板の手触りが懐かしい。

一冊の本を抜き出せば、間《ま》が生まれるというごく当たり前の感覚は、しかし、これからどんどん希薄になってゆくだろう。分厚い本を借りるときには、さあ読むぞという意気込みと誇らしさが入り混《ま》じったような思いを抱いたもので、知識や情報の量には、たしかに物理的な厚みが伴っていた。一冊を抜いたあと、隣の本が自立できずに倒れてくる様子や、まだ読んでいない本がこんなにあるという事実が、子ども時代の図書室のリアリティーを形づくっていた。その膨大な知の隙間に自分の代本板を挿し入れるという行為は、未知の世界の中にささやかな自分の居場所を作るようでもあった。

本が抜かれたあとの隙間や代本板は、そこにあるべき本の存在を感じさせる。しかし、インターネット空間ではいくら情報を抽出しても、そのあとに生まれる隙間を実感することはできない。そもそも情報空間では、「間」の存在によってあるべき何ものかを想起させるというメカニズムは、そぐわないのかもしれない。

「間」というものが気になったもうひとつのきっかけは、コロナ禍で定着した、Zoom（ズーム）ミーティングである。4月以降、研究室の対面ミーティングやセミナーは全てZoomに置き換わった。パソコン画面には参加者の顔がずらりと並ぶ。四角の枠に仕切られ、窓が並んでいるようだ。

Zoomを使い始めた当初は、ちゃんとつながった、映った、会話が成立した、と新しい方式にみな多少はしゃいでいて、それぞれの場から集う一体感と高揚感があった。会が終わっても、しばらく手を振ったりして名残を惜しんでいたものだ。けれど、そんな状況は長くは続かなかった。いまや、ミーティングが終わると、みな一斉に「退出」ボタンを押し、さっさと消えてしまう。窓ならば「閉じる」という動作がありそうなものだが、Zoomの窓はまさに一瞬で「消える」。

Zoomはもちろん便利だが、セミナー室へみなでぞろぞろと移動していたときのような「道中」や、会が終わったあとにも何となく続いていた会話が、スパッと切り捨てられた。時間的にも空間的にも間がなくなったことで、無駄とともに、余白の面白さも省かれたと言えよう。

一方、Zoomミーティングで誰かが発表をするときには、聴衆側は自分のマイクとカメラ機能をオフにして視聴することが多い。そのあいだも、顔の映らなくなった窓は表示されている。その黒い窓の向こうに、人はいるはずだけれど反応が見えないという、不気味な「間」が漂う。この居心地の悪さもまた新しい。時代によって、「間」は変わる。

ながた・こう（歌人・京都大学特任助教）　「京都新聞」十一月十三日・夕刊

スロー・リーディング

旦　敬介

地元の公立図書館がついに全面的に閉館になる直前にバルザック『ゴリオ爺《じい》さん』を借りることができたのはラッキーだった。当分は返す必要がなくなったので、かなり長く借りられるからだ。

というのも、僕は本を読むのが遅くて、そのことをずっと負い目に感じてきたくちなのだ。しかし、最近はそれを逆手にとって、スロー・リーディングということを提唱している。つまり、読書というのはゆっくり読めば読むほど実はいいんじゃないのか、ということだ。世の中の多くのシチュエーションにおいては、文章というのは早く読めれば読めるほどよい、ということになっている。早く読んで要点をとらえることが重視される。

しかし僕はたくさんの翻訳をやってきたこともあり、外国語の文章を、あれこれと思い惑いながら綿密に読んでいくのに慣れてしまったせいで、日本語の文章まで同じように読むようになってしまったようだ。細部に入りこんでしまい、全体像や要点をとらえるのが苦手になってしまった。

しかし、考えてみれば、文学というのはそれが許される領域であり、むしろ、細部を味わいつくしていくことこそが文学の読み方としては適切なのだ。そこには要点とか結論などないのだから。以前の展開を忘れてしまったら、何度でももどって読み直せばいい。文学作品とはもともと、早く読むのがよい、早く読めるように書くのがよいとする効率的な世界に対する抵抗なのだ。

そこで、のろのろと『ゴリオ爺さん』を読んでいくと、しきりにパリの町の街路名やカルティエの名前が、それらの地名の含意をにじませながら出てきて、これは多様な出自の、多様なたくらみをもった人々がうごめくパリの町を主題にしているのだなとわかってきた。進みが遅くなるのは、地名が出てくるたびに地図を見てしまうからだ。版によってはパリの街路図が載っているのはこういう読者のためだ。

このような小説が、ボヴァリー夫人などを含むフランスじゅうの、さらには世界じゅうの読者のなかに、パリに対する強烈な憧れや冒険心を掻きたてる欲望装置として働き、観光というコンセプトを作りあげながら、観光都市としてのパリを構築していったことがよくわかる。

僕自身が同じようにして、強烈な欲望を掻きたてられた町はいくつかある。まず最初にそれはペルーの首都リマだった。18歳のときに読んだバルガス＝リョサ『ラ・カテドラルでの対話』にはリマの街路名が執拗に出てきて、通りや地区によって出自や階級が明確に区分されている不公正な社会が告発されていた。

これはまさに地図を片手に読むべき本で、その点でいかにもバルザック的なのだが、リマがいったいどんな風景の、どんな配置になっている町なのか、さっぱりわからないから悶々《もんもん》とさせられた。ラテンアメリカの都市の街路図が日本で手に入ることはなかったから、結局行ってみるまでそれは解消されなかった。この本とこの町が僕にとって、一生続くラテンアメリカの冒険の入口となった。

地図を手元に置いて読んだもう一冊はジョルジェ・アマード『砂の戦士たち』だ。ブラジルの旧都サルヴァドールをストリート・チルドレンが駆けまわる小説だが、この町は独特な立体的構造を持っているので、平面の地図だけではちょっと不足になった。しかし今ではGで始まる企業のネット上の地図で、どこがどんな急な坂になっているのか、その所番地に立っているような図像まで見ることができるようになったから、だいぶ事情が変わったのは確かだ。

こうして世界の隅々まで、疑似的に訪ねることができるようになったと人は思うが、実はそれほどでもない。たとえば、僕が昨年（二〇一九年）翻訳した『七つの殺人に関する簡潔な記録』というジャマイカの小説もまた、手元に地図があるといい作品で、しかもスラム地区が舞台だから、そういうところにこそ仮想的に行ってみたいと思うわけだが、今のところ、Gですら行くことができない。もちろん、アフガニスタンや南スーダンやマリなど、仮想的にも訪問できない場所は、世界じゅうにいくらでもある。20世紀の半ばと比べて、一般人が行かれなくなった場所というのは、むしろ、世界的に増えているはずだ。

だから、本の中でしか旅に出ることができないというのも、けっして今、急に始まったことではない。この機会にぜひ、地図を傍らに置いて、大人も子供もスロー・リーディングの旅を。

だん・けいすけ（ラテンアメリカ文学者）「日本経済新聞」五月三日

金一封

彬子女王

私の隠れた趣味の一つに、工場見学がある。なぜか昔から、人や機械が同じ作業をしているのを見ているのが好きなのである。様々《さまざま》な部署、様々な人、様々な機械の力が結集して、一つのものを作り上げていくという一連の過程は本当に美しいし、チョコレートを外しやすくするために、機械が型を広げるといったこだわりのポイントなどを発見すると心ときめく。時間がある休日などは、新京極にあるカステラ饅頭《まんじゅう》屋さんの店先で、延々と機械がお菓子を焼き続ける様子を見ているのがこの上ない幸せであったりする。ここに来ると私がしばらく動かなくなるので、側衛も府警さんも半ば諦めているようなのだが、度を超して「行きますよ!」とあきれ顔で声を掛けられることもしばしばである。

先日、工場見学界の最高峰ではないかと思える場所を訪れることができた。国立印刷局東京工場。世界に誇る日本の紙幣を作っている工場である。最初に案内していただいたのは、工芸官の勤務するエリア。お札や切手などの原図をデザインしたり、その原版を彫ったりする人たちが北向きの窓に向かい、黙々とそれぞれのブースに分かれて作業を続けている。紙幣の改刷は20年に一度。そのきたるときのために、工芸官はひたすらに習作を繰り返し、技を磨くのだそうだ。たった1本の線で表情が変わって見える。偽造紙幣は、こういった微妙な表情の違いから露見することが多いのだという。

ベテランの彫刻担当の人は、1ミリの間に10本の線を引けるのだそうで、「針研ぎ3年、描き8年、美蘭《らん》咲く（ビュランという特殊な彫刻刀で美しい蘭の花を彫れるようになる）のは18年」と言われるくらい、たゆみない研鑽《けんさん》を続けなければ、紙幣の肖像画を描き、彫ることはできない。日本で偽造紙幣がほとんど出回らないのは、多くの人たちの思いと血のにじむような努力の成果が込められているからなのだろう。

世界広しといえど、紙を漉《す》き、印刷用のインキを製造するところから自社工場で造幣するのは日本くらいだという。オートメーション化された流れ作業を見るのかと思っていたら、どの現場にもたくさんの人がいることに驚く。お札を正確な大きさに断裁するのも、人が手動で行っている。一連の過程の中で、その都度機械が印刷の瑕疵《かし》を見つけてはじいたりはするけれど、最終的には人間が目で見て判断をする。機械化の時代にあっても、本当に信じられるのはやはり人間であるということに勝手に力づけられた。
次の現場に移動する途中の廊下で、理事長さんが何気なく言われた一言が心に残っている。「世界的に電子マネーの時代になっていますが、日本にお金を包むという文化がある限り、紙幣はなくならないと思っているんです」と。祝儀不祝儀にかかわらず、日本人はお金を包むし、人にお金を渡すときは新札でないと失礼といった感覚がある。言われてみれば、英国にいるとき、人とお金をやり取りするときは小切手が大半で、現金を渡すことはほとんどなかった。お金を包むという文化とともに、日本の造幣技術が末永く未来に伝えられることを願ってやまない。

あきこじょおう（京都産業大学日本文化研究所特別教授）「京都新聞」三月三十日・夕刊

真っ白な大きな紙

吉田篤弘

走ったり、跳んだり、投げたり、打ったりするのが得意だった。

小学四年生のころの話である。

放課後には、かならず野球をしていた。学校のすぐ近くの公園に子供たちに開放された小さな野球場があった。毎日そこで、友達と投げたり打ったりしていた。

間違いなく楽しかった。

楽しかったけれど、ときどき、その楽しさから離れたくなるときがあり、体が自然と動いて、本当に離れてしまったことが何度かあった。

たとえば、「三回の裏の攻撃」といったような場面で、誰にも何も云わずに野球場から脱け出した。一緒に遊んでいた仲間たちからすると、「おかしな奴だなぁ」としか云いようがなかっただろう。

じつは、公園の中には野球場の他に図書館があって、僕はそうして皆と遊んでいるときに、ふと、図書館に行きたくなった。

どうして、遊んでいる途中で脱け出して行きたくなるのか、自分でもよく分からない。

（おかしな奴だなぁ）と自分で自分に云いながら図書館の暗がりの中に入っていった。

そのころの図書館は館内が妙に薄暗かった。もっともこれは、陽の光を存分に浴びて野球をしていたから、そう感じたのかもしれない。

が、なによりその薄暗さと静けさに魅かれていた。本を読みたかったのではなく、皆の輪から離れて一人になりたかったのだ。

といって、まったくの一人になってしまうのはつまらない。それで、本のあるところに身を置きたかったのだろう。書棚に並ぶ本は物静かな見知らぬ人たちに等しく、ページを開けば彼らの声が聞こえてくる。閉じれば声は聞こえなくなる。一人ではあったけれど、一人きりではなかった。

そんなある日のこと——教室の窓の向こうに真っ青な空がひろがっている天気の良い午後だった。

授業が終わって、さぁ、野球をしに行こう、と教室を出かかったとき、視界の端に何か白いものが見えた。正確に云うと、白い紙を細長く丸めたものだった。かなり大きな紙だ。

先生に訊いてみると、模造紙だという。授業で使った余りなので、「好きなようにしていい」とのこと。

そう云われて、僕はその丸められた模造紙をひろげてみた。模造紙は新聞を開いたサイズより大きい。いきなり、目の前に何も書かれていない真っ白な紙があらわれた。呑み込まれてしまうような白さと大きさだった。

そのとき、それまで自分の中で空まわりしていた幾つかのギアが噛み合い、もどかしく、どうしていいか分からなかったものが急に動き出したような気がした。

いや、そんな理屈はそのときの自分の頭の中にはない。

(書きたい)と思った。

この白い大きな紙に何か書こう。絵も描いてみたい。いま思っていることや考えていること、見たもの聞いたものをすべて書いていこう。

衝動に駆られるまま自分の席に戻り、まわりの机を三つ四つつなげて、その上に模造紙をひろげた。

（そうだ、壁新聞をつくろう）と思いついた。教室の壁に先生がガリ版で刷った小さな新聞が貼り出してあった。それを真似てつくればいい。

鉛筆を握って、白い紙に向かった。書きたいことは沢山あるような気がした。実際、書き出したら止まらなくなり、先生のつくった壁新聞だけではなく、本物の新聞を参考にして記事のようなものを書いた。コラムを書いて、四コマ漫画を描き、連載小説を書いて、架空の商品の広告までつくった。

野球場にも図書館にも行くことなく、毎日、放課後に一人で教室に残って、コツコツと書きつづけた。

絵のうまい友達が「俺も描きたい」と云って、漫画を描いた。最初は一人きりでつくろうと思っていたけれど、模造紙をひろげていたら、興味を持った生徒たちが、「俺も」「僕も」「わたしも」と群がって勝手に参加していた。

それもまた楽しかった。

およそ十日ほどで完成し、教室のうしろの壁に貼り出すと、隣のクラスから読みにくる生徒まであらわれた。

それで、僕はいまでも小説を書いたり、絵を描いたり、架空の広告のようなものをつくっている。
あの模造紙をひろげた天気の良い日が、いまに至るはじまりの日だった。

よしだ・あつひろ（作家）「飛ぶ教室」61号

海を隔てバズった母

岸田奈美

出社して間もなく、同僚から「あなたのお母さんが、中国で話題になってるよ」と言われた。ご想像いただけるだろうか。芸能人でも、有名人でもない母親が、海を隔てた大陸で、話題になっていることを。そしてその一報を、会社で突然受け取る、私の動揺を。

話題になっているのは、私がツイッター（SNS）に投稿した、二分ほどの短い動画だった。母が、車に乗り込み、運転している様子を撮影したものだ。一応、ただの運転ではない。母は十数年前に患った大動脈解離の後遺症で、下半身麻痺となり、車いすに乗っている。まったく足を動かすことができないので、自動車に「手動運転装置」という、ブレーキやアクセルを手で操作できる機械を取り付けてもらい、一人で運転しているのだ。運転席に乗り込み、車いすをたたみ、ヒョイと持ち上げ、後部座席に押し込むところまで、母はすべて一人でやり遂げる。この工程をラクラクこなす母を、私は敬意を込めて「母ゴリラ」と呼んでいた。

私たち家族にとってはもう見慣れた光景だったが、そうではない人たちから見たらどうだろうか、と思い立って、軽い気持ちで動画を投稿したのだ。

それが中国で話題になっていると聞けば、雑技団からスカウトでもきたのかと思ったが、どうやら違うようだ。同僚は、スマートフォンを取り出して、中国の有名なウェブサイトの画面を見せてくれた。確かに、母の動画が取り上げられていた。中国の人たちが、動画に対して自由に感想を書き込めるようになっており、自動で翻訳された日本語を恐る恐る目で追ってみた。

「こんな細い腕と、華奢な身体で、車いすを持ち上げるなんて！」

「とっても美人。女優さんかと思ったよ」

「さすが日本製の車だ、よく考えられている」

「なんてエレガントで、かわいらしい女性なんだ。感動して泣いてしまった」

およそこのようなことが書かれていた。容姿に対する賞賛を、母はしつこいほどに喜んで報告してきたので、娘なりに忖度して、多めに書き写しておいた。

数日後、巡り巡って、今度はミャンマーで動画が話題になった。一体どこまで行くんだ。ミャンマーでは、中国の何倍も、母の運転に感動する人たちが続出した。ミャンマー人の約九十%は、上座部仏教を強く信仰している。輪廻転生という概念があり、障害者とは前世で悪いことをした人と信じられ、障害者に対する差別も、障害者自身の自責の念も、色濃く残っているのだ。

「私はミャンマーに住む障害者です。家から一歩も外に出られないのが、当たり前だと思っていました。まさか、自分で車を運転し、こんなに楽しそうに暮らす障害者が、世界にいるなんて想像もしませんでした。いつか日本へ行ってみることが、生きる希望になりました」

こんなメッセージがビルマ語で届いて、私と母の涙腺は崩壊した。日本が島国であることを忘れ、車に飛び乗り、ミャンマーまで運転して行きたくなった。動画の再生回数は五百万回を越えた。

実は、車いすで自動車を運転する映像は、二十年も前に、木村拓哉さんと常盤貴子さんの人気ドラマで放送されていた。しかし、今、これだけ国内外で動画が話題になるということは、まだまだ車いすに乗っている人を、日常で見慣れない社会である証拠だと思う。見慣れなければ、わからないことも多いはずだ。動画を投稿して一番嬉しかったのは「車いす用の優先駐車場が必要な理由が、よくわかった。車いすの積み下ろしのために、広いスペースが必要なんだね」という、気づきと理解が広がったことだ。

味をしめた私は、母が駅のエスカレーターに乗る動画も投稿した。エレベーターが無い駅では、エスカレーターがリフトに変形し、車いすのまま乗り込めるのだ。この動画も、話題になった。

母は今「私がいろんなことに挑戦して、その様子をたくさんの人に見てもらえれば、車いすに乗っている人が生きやすい社会になるかも」と、なにやら使命感を持って、意気込んでいる。行ったことのない場所へ行こうと、なぜだか急にスペイン旅行を予約したのだが、連れて行かれる私は一体、何を撮影させられるのだろうか。まったく想像がつかないが、少しだけ、ワクワクしている。

きしだ・なみ（作家）　「文藝春秋」1月号

演じる笑いにこだわり

西条　昇

私は小学生の頃、志村さんがザ・ドリフターズの付き人同士でコンビを組んだ「マックボンボン」の生の舞台を見ている。浅草の国際劇場での小柳ルミ子ショーで、確か野球のコントだった。志村さんはかかと落としのように足をはね上げて、足の裏で相方の頬をパーンと張り倒してみせた。その動きの切れ味に、笑うよりも驚いた。

1974年に荒井注に代わってドリフの新メンバーに。それからの2年は、キャラクターが視聴者に浸透しない状態が続き、体を張った熱演も空転気味だったが76年の「東村山音頭」のヒットで大ブレーク。股間から白鳥の首の伸びたバレエのチュチュや、両方の乳首の部分だけ丸くくりぬかれた衣装で「イッチョメ、イッチョメ！」とシャウトする姿は自信に溢《あふ》れていた。

88年からの1年間、私は「加トちゃんケンちゃんごきげんテレビ」の構成作家の一人として、コント作りの台本会議で憧れの志村さんの隣に座ることになった。会議は、まさに、生みの苦しみで、1時間以上の沈黙もザラ。真剣な表情でギャグを考えながら、時折、「こないだ見た映画のこういう場面が面白かったんだ」と話しはじめる。その一言からコントが組み立てられていくことも多々あった。志村さんは、輸入レコード店で海外の喜劇映画やコント番組を大量に取り寄せては片っ端からチェックし、古い無声喜劇映画の自主上映会にも足を運んでいた。あのバカバカしさに徹したコントの数々は、膨大な笑いの知識量に裏打ちされたものだったのだ。

笑いの先人たちからも多くのものを吸収していた。クレージーキャッツの音楽と笑いをミックスしたスマートさに加え、浅草喜劇のアクの強さも感じられた。由利徹の〝スケベおやじ〟キャラに、三木のり平のトボケぶり。バカ殿様は東八郎が浅草で演じたものに影響を受けたそうだ。「だっふんだあ」は桂枝雀の落語から、両目を真ん中に寄せる表情は枝雀やジェリー・ルイスから取り入れた。

しゃべりで笑わせる芸人が大半の中で、志村さんは、演じる笑いにこだわり続けた。

冷静な人間観察力と芸の力で、人間の普遍的で滑稽《こっけい》な部分を大きく広げて見せることができたのだ。志村さんの演じる変なおじさん、ひとみ婆《ばあ》さん、酔っぱらい、売れない芸者さんなどは、いずれも「こんな人がいるかもしれない」と思わせる不思議なリアリティーがある。そうして、日本人の笑いの教科書、笑いのスタンダードナンバーを作りあげたからこそ、志村さんの笑いは世代を超えて老若男女が笑えるし、いつになっても古くならないのだ。

これだけの長きにわたって、第一線で笑わせ続けた喜劇人は、ちょっと他に思いあたらない。

舞台公演「志村魂」では藤山寛美の泣かせて笑わせる人情喜劇に挑み、古希を迎えて山田洋次監督の映画や初の連続ドラマへの出演など、ますます芸の幅を広げようとしていた矢先だっただけに残念でならない。遺《のこ》してくれたコントの数々は今後も多くの人に愛されていくだろう。

さいじょう・のぼる（江戸川大学教授・お笑い評論家）「毎日新聞」四月六日・夕刊

美しく逢うこと

堀江敏幸

人の顔を正面から見るのがあまり得意ではなかった。生きている人だけではなく、写真でさえもそうだった。たとえば卒業アルバム。必然的に顔が小さくなる集合写真ではまだなんとかなる。大勢のからだのすきまに埋もれているので、ひとつひとつの顔は遠目にしかとらえられない。これが同寸の長方形もしくは楕円の枠に収まっている肖像写真で組まれた頁《ページ》になると、受ける印象が大きく変わってしまう。

小中高の教室で私の眼《め》に映っていたのは、窓の外の景色を除けばほぼいつも仲間たちの後頭部か、斜め後方から見える顔の一部だった。教師も大半は板書をしながら横向きになっていたので、長時間、正面からその顔を見つづけた記憶はない。

大学に入っても状況はほぼ変わらなかったが、口の字型に机を配する演習に参加したときだけは例外で、否応《いやおう》なしに何人かの学生と相対することになった。そうなると、他の教室でいつも斜めから見ていた人の顔の造作の不均衡や、言葉を発しているときの口の動きと形のずれが気になってくる。それでいて眼だけは見据えられない。まっすぐ向き合うと、この人だと認識する際の基準がなぜか壊れそうになって落ち着かないのだ。

だから、教室における一対多の、一に当たる場所に腰を下ろす仕事に就いたときはとても不安だった。たくさんの眼が、たくさんの顔がこちらに向けられたら、とても耐えられないだろう。実際、その兆候はすぐにあらわれた。個々の力は大きくないのに、まとめて受け止めているうち少しずつからだが後ろに押され、個別認識のメモリーが抜かれて、卒業アルバムにそっくりな、名前と乖離《かいり》した顔だけが迫ってくる。板書にかこつけて横を向き、背中を盾にして耐える技術を持たない私には逃げ場がない。

若者たちはそれを見抜いていた。彼らはやさしい。妙な圧がこちらにかからないよう、ほどよい間合いで電子器機をいじりだし、緊張で頬《ほお》が火照《ほて》るようなときには静かに眼を閉じて、無言のやりとりを免除してくれた。これは皮肉ではない。本当に気を遣ってくれていたのだ。

鋭敏な彼らに引き継がれてきたそのやさしさの行使が、いま滞っている。状況がそれを許してくれないのだ。この数ヶ月、多くの同僚とともに、私は社会的な距離を持たない正面像で埋められた平坦《へいたん》なグリッドに向き合ってきた。通常はただのモザイクで、どこから聞こえてくるのか理解できない明瞭な音声のみを受け止めているのだが、しばしばいっせいに窓を開いて、正面しかないというういびつな世界を現出させる。

見開かれた無数の星の瞳が、薄い画面越しにあの風をこちらに送ってよこす。明らかに異質の、電気を帯びた粒子の風。だれのという所有者の名が遠くへ追いやられ、顔がたんなる顔として立ち現れる。私の視線は、顔認証の基準をなくして虚《むな》しく宙にただよう。いったい、これまでなにを顔として、なにをその人にしかない徴《しるし》として受け止めてきたのだろう。真正面から、しかも一度に多くの顔を前にしたとたん、人を人として見られなくなる鈍い放心を、これからどう修正していったらいいのだろう。

先が見えないまま電子の風のなかで途方に暮れていると、突然、あれほど厭《いや》だった、具体であるがゆえに魂を奪われたような圧力が消えて、ひとりひとりの顔の輪郭が、これまでにないぬくもりをもって浮かび上がってきた。理由はわからない。不可視の風がからだを貫いて、淀《よど》んだ澱《おり》を外に押し出してくれたのだろうか。正面から、人に会いたい、と私は思った。
顔の浮かぶだれかに会いたいわけではない。漠然とした人恋しさに襲われたわけでもない。宇宙空間で帆を進める風はたしかに感じられるのに、なにをどう細工しても見つめ合うことができない矛盾した近さのなかで、人のことを想《おも》いたい、と感じたのだ。

顔を覆っている画面の闇の背後に、やわらかい朱色がひろがる。「なんと美しい夕焼けだろう」と詩人の中野鈴子は記した。「ひとりの影もない　風もない／平野の果てに遠く国境の山がつづいている」。しかしその具体と抽象の国境には、括弧《かっこ》付きの「人」がいる。顔があって、しかも顔のない「人」がいる。「夕焼けは燃えている／赤くあかね色に／あのように美しく／わたしは人に逢《あ》いたい」。美しい人に逢うのではない。美しく人に逢うのだ。私も電子の国の境で、詩人の言葉を借りながら、そのような「人」に逢いたいと、切に願う。

ほりえ・としゆき（作家・早稲田大学教授）　「日本経済新聞」十月三日

旅の病

宇佐見りん

よく、グーグルのストリートビューで旅をする。ストリートビューとは、世界中のあらゆる風景をパノラマ写真に収め、立体的に閲覧できるようにした機能のことだ。地図上のある地点を指定すると、そこからぐるりと周囲を見渡した様子を確認できる。さらに、進みたい方向をタップすることで、実際にその道を歩いているかのように風景の写真が移り変わる。わかりづらい待ち合わせ場所でも、事前に道順や周囲の状況をイメージできるという方向音痴にはありがたい機能なのである。私も何度もお世話になっているが、そのうち本来の用途とは異なる使い道を見出してしまった。

旅である。スマホ上での。

遠出は好きだが、旅にはいかんせんお金がかかる。文藝賞に応募した小説を書くために熊野へ行ったときも、貯めていたバイト代が一気に消えてしまった。頻繁にどこかへ出かけることは難しい。それが、ストリートビューなら手軽に世界中のどこへでも行けてしまうのである。

海辺の町にピンを刺す。ストリートビューを開く。砂浜をゆく「わたし」の前方には痩せた犬がいて、だるそうに首を低くして舌を出している。ゆっくりとあたりを見回す。光は小屋や砂浜の輪郭を明瞭に浮き立たせて、雲や石、立てられたポールの白が眩しい。緑がかった海は薄く遠く、ひろがっている。

もちろん、実際に足を運ばなければわからないことは確実にある。現実の自分は毛布のなかでぬくぬくとうずくまっているに過ぎないのだが、それでもいったんは「遠くへ行きたい」という欲求は満たされる。

そう、遠くへ行きたいのだ。

物理的な距離ではない。求めているのは心理的な遠さである。「ここではないどこか」に行きたいのである。

毛布にもぐっていようが何だろうが、ストリートビューで旅したそこが心理的に遠ければそれでいい。

一人旅の行き先に熊野を選んだ理由も結局はそこだった。

熊野は遠かった。物理的にも距離があるが、何より心理的に遠い。グアムより遠い。暗い山に入っていくと、自分を守る「ここ」の意識、安定した足場のようなそれが容赦なく崩されていく。

修学旅行も楽しいけれど、教室ごと京都に移動しても遠さは感じない。むしろ、空気の澄んだ雨上がりの夜、いつもは横目に通り過ぎるだけの何の変哲もない歩道橋がやけに目に付くとき、そこに上ってみることのほうがよほど旅らしいのではないか。そうして違う景色を眺めることこそが旅の醍醐味ではなかろうか。読書や観劇、学問も同じだ。ときおり、人と話していてもそういう気分になることがある。

他者は見知らぬ旅先である。道があり、風景がある。山や海があり、荒野があり、洞穴があったりもする。わたしたちはそこでほっと息をついたり、眩しさに目を細めたり、ときに慎重に避けたりしながら歩く。

あえて今までにないものに触れたいと思うこと、あるいは自分と異なる誰かに関わりたいと思うことは、「遠くへ行きたい」「ここではないどこかへ行きたい」の感覚とよく似ている気がする。作品を旅し、人間を旅するのである。そうすることが、新たな自分を見つけることに繋がる。

中学生の頃は「自分探し」と言って遠くまで旅をする人のことがよくわからなかった。しかし、彼らは見つけたかったのだと思う。「ここ」から連れ出された自分、旅を経てどこかに到達した、まだ見ぬ自分を。

受賞作を書いたことによって、わたしは強制的に「ここ」から出なければならなくなった。新たな世界や人と出会い、見たことのない景色を見るために、とほうもない旅路を歩まなければならなくなった。

旅には危険が伴う。ときに安住してしまいたくなるけれど、もぐりこんだ毛布のなかでさえ「遠くへ行きたい」という欲求は消えないのだ。

電車に揺られてスマホを弄りながら、わたしは今日も旅をしている。

うさみ・りん（作家）「すばる」2月号

七輪大会

出久根達郎

まもなく七十六歳になる。

この年になると、明日のことがわからない。親しい知友が、次々と別れていく。先だって十数年ぶりに再会した幼な友だちが、別れぎわ、ふと思いだしたように、「ほら、覚えている？　これ？」と右手を上げ、「アバヨ」と言った。「忘れてないよ」とこちらは「バカヨ」と言い、右手で頭を指《さ》す。すかさず友人が「マタ、アシタ」と言って、上げた右手で股と足を指した。

子どもの頃の別れの挨拶である。何十年ぶりだろう。「覚えているもんだなあ」二人で笑いあった。その幼な友だちが、まもなく本当に「アバヨ」をしたのである。「マタ、アシタ」のない「さよなら」だった。

明日はわが身である。そういう年なのだ。

三年前の夏、やたら目まいがした。熱中症にやられたかと、びくついた。涼しくなったら何ともなくなったので、やはり猛暑に中《あた》ったらしい、気をつけなくては、と自戒した。

ある日、急に握っていた万年筆が、ポロリと落ちたのである。これは只事でない、とタクシーを呼んで、近所の病院に走り込んだ。万年筆の件を話したら、ただちに脳神経外科に回され、ＭＲＩ検査をされた。脳梗塞と診断され、即入院、手術である。

早く手を打ったのが、よかった。横着して、様子見をしていたら大事に至っていた。ポロリ、が分け目である。

東京オリンピックが、また見られるとは思っていなかった。

一九六四年の東京オリンピックの時、私は二十歳だった。上京して五年目、中央区月島の古書店に勤めていた。

十月十日の開会式当日は土曜日で、店はいつものように営業していた。しかし、全く客が来ない。商店街は正月元日の朝のように、人っ子ひとり見当らない。家々からテレビ中継の音声が流れていた（当時の商店は表を開け放していた）。開けていても意味がない、と急きょ早仕舞を決めた。私は家族と一緒に、開会式典の実況中継を見ていた。

ところへ、友人のTから電話が入った。

実はこの日の夕刻五時に、Tと待ち合わせの約束をしていたのである。

品川のお台場近くの原っぱで、「東京七輪大会」をする予定だった。東京五輪反対のデモンストレーションである。Tは安田武や白鳥邦夫の反戦反権力思想に共鳴し、大学にそのサークルを組織した。がちがちの思想運動でなく、皮肉や諷刺で、為政者や権威に盾つこうというのである。私も勧誘され、大学生でない私はシンパサイザーという形で、会費を払いカンパをし、会誌に文章を書いた。七輪大会は五輪開会式当日、会員で七輪を持ち寄り、サンマを焼いて酒を飲み気勢を上げるというプランだった。秋の刀の魚で夷狄《いてき》を追い払う、という尊皇攘夷の運動である。

むろん洒落だが、こんな馬鹿げたことを考えて実行に移すところが、二十歳の若さだった。私は荒物屋で七輪を購入し、この日に備えていた。しかしこんなに早くTから催促の呼び出しがあるとは思わなかった。まだ三時だ。

「五時集合じゃなかった?」

「そうだけど準備がある。出てこないか?」

Tは東京駅にいると言った。私は七輪を風呂敷にくるんで持ち、タクシーを奮発した。

いったん五時に会員は東京駅に集まることになっていた。全員揃ったら品川に向かう。場所は適地を皆で探す。行き当たりばったりの集会である。私とTは待合室で時間を潰した。

定刻になったが、誰も現れない。三十分たっても、一人も見えぬ。

「すっぽかされたかな」Tがぼやいた。

「みんなオリンピックに夢中なんじゃない？」

「あんなに反対していた癖に」Tが舌打ちした。

四十分、過ぎた。

「やめよう」Tが宣言した。「つまらない。どこかへ遊びに行こうや」

Tは手ぶらだからいい。私は七輪を抱えている。ロッカーは全部塞がっていた。Tが手荷物預け所に向かった。風呂敷包みの形から、「これは何ですか？」係員が怪しんだ。七輪だ、と答えると、「田舎へのおみやげですか？」と聞く。

「オリンピック観戦にきた外国の友人にプレゼントするんです」Tが答えた。「友人は今、国立競技場に出かけているので」

「外国人が七輪を喜ぶんですか」係員が感心している。「あちらには無いんでしょうね」

「あったら日本みやげにならない」

Tが言い、私たちは大笑いした。

その日、私たちは日本橋三越の、小ホールで「三越名人会」を聞いた。「三方一両損」を語った立川談志が、「オリンピックを見向きもせずここにお集まりのお客さまは、筋金入りのへそ曲がりでして、なに、スポーツのルールなどご存じない方だろう……」と枕を振って観客をわかせた。Tが、「七輪大会の挨拶にふさわしい言葉だねえ」とささやいた。

でくね・たつろう（作家）「うえの」2月号

抱擁

小池昌代

連休のさなか、女性による人工音声で、町にアナウンスが流れた。「緊急事態宣言が出されています。不要不急の外出はお控えください」。近隣の学校から、スピーカーを通して流されているらしい。天から降って来た公共の声は、その内容とはうらはらに、間延びしていて、のどかに聞こえる。

買い物のために外へ出た。降り注ぐ太陽の光。マスクをつけたヒトが歩いている。地上は虚無的で、不思議なよそよそしさに満ちている。これが「緊急事態」というものの素顔なのか。ヒトとの接触が断たれてしまうと、日常は抽象的で曖昧なものになった。日頃から、部屋にこもって読んだり書いたりをしてきたわたしは、同じような生活を続ければいいとも言えた。実際、生活は何も変わっていないように見える。けれど、芯のところが以前と違う。

わたしたちは、外見も匂いもその重さも、一見、いつもと変わらない、同じ箱を持ち運んでいるのだが、その中身が、まるで違ってしまった。そのことに気づいてもなお、いつもどおりの作法で、いつもどおりに見える箱を、いつもより慎重に持ち運ばなければならない。

ふと、想像が戦時中に移る。空襲警報を告げるアナウンスがあったはずだ。その声はどんな感じだったのだろう。男性の声か、あるいは女性の声？　緊迫した声だったのか、それとも冷静な？　想像しさえすれば、その声に到達できるとでもいうように、わたしは聞いたこともないその声に思いを巡らし、そんなことをしているうちには、その声を、まるで聞いたことがあるような気がしてくるのだ。

むかし、吉田一穂《いっすい》という詩人が、「母」という詩の冒頭で、「あゝ麗はしい距離《デスタンス》／つねに遠のいてゆく風景」と書いた。すべて詩に連想が飛ぶのは、悪癖だが、ウィルス対策で、ヒトとの距離を開ける必要があると聞いたとき、思いだしたのは、あの一行だった。

母もふるさとも、幼い頃は、自分と一体化したものだった。長じるにつれ、故郷を出、母のもとを離れ一人で立つ。そこに初めて距離が生まれる。思慕や郷愁、懐かしさや憎しみ。あらゆる感情も、そのなかに湧いてくる。距離とはすなわち、場所や人を対象化するまでの、時間の膨らみを言うのだろう。

ウィルス対策における、ヒトとヒトとの距離に、そういう情緒はない。最初から、開けることが要請されている物理的・社会的な距離だ。「距離」を詠嘆調で歌ったあの一行を、わたしは前世ほどに遠く無力なものに感じた。吉田一穂には何の罪もない。改めて、道ゆく人々を眺めやった。情緒が押しつぶされ、偽善の入り込む余地もない距離には、むしろ即物的な清々しさがある。気づくと、わたしのなかには、怖れがあった。すでに充分、一人だったのに、わたしはさらに、一人になりたいと思った。

新型コロナウィルスをうまく乗り越えられたとき、その象徴的な風景は、ヒトとヒトとの抱擁であるという気がした。そしてクリムトの、同名の絵画を思い出したりした。向こうから、わーっと大きく手を広げながらやって来るヒト。迎え入れるヒト。背中に回された手。肩の上からのぞく顔。一対の人々。閉じられたまぶた。がっしりと組み合わせられた静かな抱擁。

以前、長い欧米生活を終え、帰国した友人から、そんな抱擁を受けたわたしは最初、戸惑ったものだったけれど、あっという間に距離が縮まり、相手の肉体を通して、確かにじわじわと、あたたかい物質が流れ込んだ。人間は、そんな挨拶をして、距離を押しつぶさなければならないほど、寂しく孤独な存在なのだと思う。

新型コロナウィルスの脅威が、「見えないものに対する恐怖」という文脈で語られ始めたとき、不謹慎なことだが、何か知っているものにつきあたった気がしていた。もちろん、わたしは、このウィルスについて、巷に流れる情報以外のことは何も知らない。ただ、わたしのアンテナは、「見えないもの」という言葉に反応したに過ぎない。詩や文章を書くなかで、わたしはいつも目には見えない何かを可視化しようとしたり、想像力を働かせて感じとろうとしてきたような気がする。それで、「見えないもの」に対する「身構え」だけは、体に覚えがあるような気がしたのである。

もし仮に、新型コロナウィルスを、赤い染料で染めることができたら、世界はどうなるだろう。一気に新型コロナウィルスが可視化するが、それはそれでまた、怖い世界が現れる。今度は怖さの質が、違う局面になる。あそこもここも、汚染されていると気づいてしまう。わたしはきっと発狂するだろう。ウィルスは人間の視力では見えないから、人間世界はとりあえず安定しているともいえる。だからこそ、積極的にできる限りのことをして、身を守るしかないのだが、その防御が、一体全体、どの程度、有効なのかも、見えない相手では、手探りで進むしかない。わたしたちの恐れは、そうした不確定さのなかから、きりもなく湧いてくるものだ。

しかしそもそもわたしたちは、この怖ろしいウィルスに遭遇する前から、同じように手探りで、生の不確定さのなかを手探りで歩いていたのではなかったか。そうだった。なにもかも、わかったつもりでいたが、実は中身のことなど、何も知らないで「箱」を運んでいた。

以前、沖縄・宮古島の海で、魚と泳いだ経験がある。そのとき、わたしは四十歳を過ぎていた。もう若くはなかった。わたしは、二十メートルを無呼吸で泳ぐのが精一杯という、カナヅチだ。そんなわたしでも、なかに空気の入ったフローティングベストを着用し、シュノーケルとマスクさえあれば、海の世界へ降りていくことができる。

そのときの衝撃は大きなものだった。水面下の世界を初めて見たのだ。鮮やかな視界が、めりめりと、頭蓋を破るほどの衝撃で現れた。

色とりどりの海の魚たち。抜群の透明度をほこる綺麗な海に、太陽光が差し込んでくる。水は揺れ、角度を変えて、きらきらと、どこまでも無言できらめいていた。敏捷な魚たちが、するりするりとなめらかに逃げる。岩場が見えてくる。ゆらゆらとゆらめく海の草もあった。こんな世界が、この世にあった。

そこではすべてが定まらず、揺れ動いていて、一つとして、定まったものはなかった。わたしは自分を、裏返されたと思った。海のなかに差し込んでくる光は、地上に降り注ぐそれと、同じ光でもまったく違う。海中には、言葉という言葉が存在しないが、光を受けた水のきらめきこそ、言葉を超えた言葉だった。

そして音はなかった。かすかに泡立つ水音や流水の他には。水面上と水面下では、これほどまでに世界が違う。喧騒の世界と無音の世界。わたしは陶然とし、いつまでもこの世界にたゆたっていたいと願った。艶めかしい魔力をたたえた秘密の世界。それは水面の上で、肺呼吸をしながら生きるわたしたちには、本来、見えない世界だった。海面の上と下には、このように、世界を隔てる絶対的な一線が引かれていて、しかし人類は、こういうあらゆる境界線を、突破し侵入してきたのだとも思った。

ふいに浦島太郎を理解した。浦島は、こんな魅惑的な世界を見てしまったのだ。帰りたくなくなるのは当然だろう。わたしの経験は、ごく浅瀬の話で、本来ダイバーたちがめざすのは、もっと深い漆黒の海の底。そして浦島が訪れた龍宮城も、海底に広がる秘密の魔宮だった。

そこにはおそらく、哀しくなるような無時間の悦楽が、口を開いていただろう。それを知ってしまったら、もう同じ人間ではいられない。陸に生きる、肺呼吸のヒトには、本来届かない夢の世界。浦島は禁忌に触れてしまったのだ。見てはならない秘境を、見てしまった。

だからこそ思う。よくぞ彼は浜へ戻ってこられたなあと。わたしは海の底にひきずりこまれ、ついに帰って来なかった人々を知っている。海は怖ろしい未知の世界だ。潮の流れも波の威力も、パワフルで容赦がなく予測できない。

浦島は、浜へ帰り着いたとき、開けてはいけないと乙姫に言われたにもかかわらず、もらった玉手箱を開け、一気に年をとってしまった。帰ってきたら、百年がたっていた。知り合いも家族もみんな死んでいた。彼はなにもかもが変わってしまった世界に絶望したのだろうか。自爆テロみたいな気持ちで、玉手箱を開けてしまったのか。

新型コロナウィルスについて書き始めたにもかかわらず、いつのまにかわたしは、浦島太郎のことを書いていて戸惑っている。どこかでつながっている話なのだろうか。

静まり返ったこの日常と、水面下の異世界。孤独の感触が、どこか似ている。人のなかへ出て行かず、親しい誰とも話さず、家に閉じこもっていたが、誰かに会いたいと思わなかった。案外、わたしは平気だった。ただその平気さが、段々と重くなっていって、いつしか海の底にいるような気分になった。海の上にまた出られるだろうか。出られたとして、そのときには、何かが根本から変っているのではないだろうか。

百人一首に、二条院讃岐の詠んだ、次のような歌がある。

わが袖は潮干に見えぬ沖の石の
　人こそ知らね乾く間もなし

恋歌である。――あなたは知らないでしょう。わたしの袖は、あなたを思って涙で濡れたまま乾くことがない。ちょうど潮が引いたときも、海水をかぶってずっと濡れたままの、遠い沖に眠る石のように――。何度読んでも心震える。ここに歌われた恋に、ではない。遠い沖合の一個の石に想像力を飛ばす、人間のその営為に。

誰にも見えない沖の石を思うとき、なぜか、気持ちが鎮まってくる。何百年も黙って濡れ続けた、求心力のある小石のイメージは、やがてわたしのなかで、海底の小さなラジオにすりかわる。そこから流れてくる微弱な電波。水圧に押し潰され、聞きとりにくいが、それは確かに人の声だ。「世界は終わったわけではない、抱擁できる日がきっとやってくる、想像せよ」。

こいけ・まさよ（詩人・作家）「図書」8月号

雨雨雨雨雨雨

村田喜代子

日本列島の梅雨が去ると、次にきたのはかつてないほどのスコールだった。朝、カーテンを開けると眩《まばゆ》い夏空だ。それに妖しい雲がだんだんと覆い被《かぶ》さってきて、やがて雷鳴入りの土砂降りとなる。

夕立みたいな短時間と違い、ほぼ半日、ピカッ、ゴロゴロッ、ザンザンザンと戸外は雷鳴と雨音の大音響が入り混じる。怒号というか、吠《ほ》え声だ。スコールは熱帯のものではなくなった。

ちょうどその頃、仕事で火野葦平の『青春と泥濘《でいねい》』を読んでいた。日本陸軍の戦争史で最も無謀な作戦と言われた、インパール従軍記である。本の表紙をめくると、そこはもう豪雨に降りこめられた世界となる。

標高二千メートル級の山岳が連なる、世界一の豪雨地帯なのだった。その上に雨期が重なったのだからたまらない。兵士十万の食料は三週間で底をついて、山岳民の村から、牛や山羊《やぎ》三万頭を収奪して奥地へ踏み入った。ところが狭い崖道で谷底へ牛・山羊たちは次々と転落する。行く手を阻む川もまた増水して、兵士も家畜も共に濁流に呑《の》まれていった。本の帯には葦平の怒声が記されている。

〝誰が戦争などしやがるのか〟

英軍の空爆をよけて、ジャングルの底を這《は》う兵の進軍は真夜中におこなわれた。戦局は明らかで現地の軍は再三にわたり、作戦中止の命令を乞うが、司令部は取り合わない。本を読む私の耳にも雨音が打ち続ける。

密林に潜むのはマラリア蚊、毒蛇、インド豹《ひょう》もねらっていた。難儀なのはハゲタカで、兵士がよろよろと歩いているうちは見ているが、転んだり膝を突いたとたんに飛びかかる。翼を開くと二、三メートルもある死肉を漁る鳥だ。人間はあっという間に白骨に変わる。マラリアと栄養失調で兵士は下痢が止まらない。幽霊の行進とみまがう姿だ。ここで命を落とした日本軍は三万人という。白骨街道と呼ばれた。

集落では見かねた村人が出て、まだ息のある倒れた兵士の尻を草の葉で拭いてくれた。無惨《むざん》な敗走の終局は、増水したチンドウィン河に行く手を阻まれる。兵の筏《いかだ》は濁流に流された。指揮官の牟田口廉也はとっくに船で脱出していたのだ。


本の中も雨、わが家も雨に降り込められた昼下がり、東京の友達が電話してきた。

昨日、久しぶりに大雨がやんで空に大きな虹が架かったという。それも二重の虹だった。

「二階のベランダから、ウワァーーって叫んで見たの。遠くのビル街の上に、大きな虹の輪っかが跨《また》いでた、夢みたいに」

その虹は偶然に私もテレビで見ていた。

「あんなに滅茶苦茶《めちゃくちゃ》に降りまくったのに、何だよ！　って。冗談じゃないぞ！　って」

と彼女が言う。そう、こちらの福岡、熊本の雨も凄《すご》かったのだ。ほんと、何が虹だよ！

すると彼女がしんみりした声で言った。

「でも、じっと見てたら綺麗《きれい》すぎて、何だか許してやるって気分になっていったの」

私もテレビの画面を思い出して黙る。たしかに虹は美しい。だが美しいだけに、私は何だよ！　という気分がおさまりにくい。この割り切れない気持ちは何だろう。

子供の頃「叩《たた》いてさすれば元通り」という呪文が流行《はや》った。いきなり友達をバチンと叩いて、呪文を唱えながら撫《な》でさする。相手に怒る暇を与えない。それが面白くてよくやったが、自分が叩かれると、その痛さは撫でさすっても消えない……。ただ痛みを少しまぎらわせただけだ。あの妙な割り切れなさと似ている。

雨に濡《ぬ》れた日本列島に日が射し、盆が訪れた。新聞・テレビは終戦特集で今年もまた昭和天皇の玉音放送が流れる。そういえば以前見たテレビのインパール特集で、この地方の村人は夕方になるとあまり外に出ないと語っていた。日本兵のさまよう姿が今もあるからだという。

インパールの空にも虹は出るか。山も押し流すように降りまくり、その空を撫でさするように、美しい虹が架かるのだろうか。


むらた・きよこ（作家）　「西日本新聞」八月二十四日

坪内祐三さんを悼む

重松　清

『明治事物起原』の著者・石井研堂は、少年雑誌『小国民（後に少国民）』の編集長でもあり、また実用書の書き手でもあった。

その研堂を『20世紀ニッポン　異能・偉才100人』で紹介した坪内祐三さんは、彼を〈よい意味でのアマチュア性を持った百科全書的知性〉と評した。

同書は1993年に刊行された。当時坪内さんは35歳。まだ著書はないものの、ご自身の将来をすでに見据えていたのか、研堂に対しての評言は、驚くほどきれいにその後の坪内さんの姿に重なり合う。

実際、氏の仕事の全貌《ぜんぼう》は「評論家」の枠組みには収まりきらない。『明治の文学』全25巻を編み、福田和也さんらと共に季刊誌『en-taxi（エンタクシー）』の編集同人をつとめ、その福田さんとタッグを組んだ『SPA!』での対談連載は16年の長きにわたって、さらに飲み歩きの日々を綴《つづ》った『酒中日記』が映画化されると自ら主演を……。

そんな多彩な活動は〈よい意味でのアマチュア性〉で支えられていた。甘えや言い訳などの悪い意味でのアマチュア性とは徹底して無縁だった坪内さんだが、よい意味でのアマチュア性からは、しがらみのない軽やかな好奇心やフットワーク、ユニークな視点など、氏の活動のキーワードが続々と出てくるのだ。

そしてもう一つ、端折らないことも、よい意味でのアマチュア性ではないか。料理でもなんでも、プロが時間やお金のコストを考えて端折って先に進むところを、アマチュアはじっくりやる。むしろ、そこにこそ楽しみを見いだす。

坪内さんもそう。「ところで」が多用される文章は、寄り道がとにかく魅力的だった。人と人との意外な接点や偶然の面白さ、エピソードが次から次へと並べられる、その配列の妙味……。筆のおもむくままに書いているようでありながら、どこかでご自身が語っていたとおり、じつは細かなジグソーパズルになっているのが氏の文章だった。一片でも欠くわけにはいかない。端折れない。要約できない。無理にまとめると台無しになってしまう。坪内さんは、そういう文章の書き手だったのだ。

急逝が悔しく悲しい。坪内さんの手の中には、ジグソーパズルのピースがまだいくつも残っていたはずである。たとえば二〇二〇年の東京――坪内さんは、どんな形のピースを用意していたのだろうか。

しげまつ・きよし（作家）「朝日新聞」一月三十一日

空腹感も分からない

朝倉かすみ

来たる八月、六十歳になる。俗にいう還暦である。この歳《とし》になっても「満腹」の正解あるいは平均値が分からないのはなんとなく遺憾である。よその人たちは、どの程度お腹《なか》がふくらんだと感じたら「満腹」と口にするのだろう。そしてその満腹感は外出時と在宅時とで変わりはないのか。食事をするときは、常に、真に、空腹なのか。

白状すると、わたしは満腹感が曖昧《あいまい》であるのと同様、空腹感も曖昧である。いわば合わせ鏡だ。胃に隙間があると感じると、隙間の大小にかかわらず、わたしは「お腹が空《す》いてる」ことにする。つまり、「もう動けない」状態以外は空腹にしてしまうのだ。

こうなると、大体いつでも食べ物ウェルカムだ。お腹が空いている、という立派な理由があるので、わたしはいつでも食べたいときに食べたいだけ食べられるのだった。

なぜこのようなシステムができたかというと、それはわたしが何か食べたくなったときに鵜《う》の目鷹《たか》の目で自分の中の「空腹感」を探したからである。お腹が空いたから食べる、のではなく、食べたいがためにあるかなきかの「空腹感」を引っ張ってきたのだった。でないと大手を振って食べられない。わたしは、いかほど不格好でも「(空腹だから) 仕方なく食べる」という体裁を整えたいのである。

食べることに対する恥ずかしさや疾《やま》しさのようなものがあるのだった。

わたしは、たくさん食べたがるこどもだった。食べることが楽しくて嬉《うれ》しくて、食べながら鼻歌を歌ったほどである。親は、鼻歌は行儀が悪いと厳に戒めたものの、娘が食べ物にガッつくこと、ドンドン食べることに関しては「まったくウチの食いしん坊は」と笑いながらからからかうだけだった。そうしているうち、わたしは、次から次へと欲しがってガツガツ食べるのは恥ずかしいのだと覚えていった。

それでもわたしはやっぱりたくさん食べたくて、お腹いっぱい、動けなくなるまで食べたくて、食べ始めると、動けなくなるまで一気に持っていきたいから、そうでないと食べた気がしないから、貪《むさぼ》り食うというふうになってしまって、それはいかにも汚らしくて、醜いようすで、恥ずかしくて堪《たま》らなくて、でも、やめられなくて、食べることへの後ろめたさが段々《だんだん》と積もっていったのだった。

長期にわたる食べることへの屈託というか、わだかまりというか、劣等感というかそういうものを初めて書いてみたのだが、どうなんだろうか、共感してくださる方はいるんだろうか。

とにかく、わたしは食習慣を変えたい。あくまでもカンだが、まともな満腹感と空腹感を覚えるには、それがもっともよい方法だと思うのだ。


あさくら・かすみ（小説家）　「朝日新聞be」七月十八日

手

遠野　遥

人は毎日色々なものを触る。参考書を触り、領収書を触り、寿司を触り、ハンバーガーを触り、犬を触り、猫を触り、自分の顔を触り、自分の性器を触り、他人の肩を触り、他人の性器を触る。何も触らず生きていくのは難しいし、試さないほうがいい。しかし、触る必要のないものまで触るのはやめたほうがいいだろう。２０１９年12月29日18時11分頃、私は原宿駅でなぜか他人に右腕を摑まれた。暖かそうな黒のダウンを着た年上の男だ。身長は私より低く、体重は私より重い。私は１７７・４センチで、61・２キロだから、そういう男がけっこういる。暗い色のジーンズで、白い部分のあるスニーカーを履いていた。顔は覚えていない。というのは、私が覚えようとしなかったからだ。覚えていても気分が悪くなるだけで、私にとっていいことがない。肌が浅黒かったのだけは覚えている。あの男は、私の腕を触る前、何を触っていただろう。

トイレで長時間立っていたことがある。順番待ちをしていたのではない。用を足した後、ハンドソープを使って手を洗う人間と、水だけで済ませる人間の割合を調べる必要があって、それで立っていた。事情があって時期をはっきりと書くことはできない。ただ寒くはなかった。

駅のトイレだった。サンプルに偏りがあってはいけないから、多様な人間が訪れる場所として駅を選んだ。勤め人ばかりになってしまってもいけないから、通勤の時間帯は外した。混雑する駅は避けた。サンプルは多いほうが早く済むが、あまり人数が多くても、私はひとりしかいないから、正確なカウントができず、意味がないし、何よりトイレの利用者に迷惑をかけてはいけない。比較的きれいなトイレを選んだ。というのも、汚いトイレにずっと立っているのは、気分が悪いからだ。しかし清潔すぎても偏りが出てしまうだろうから、ほどほどにした。利用者に見ていることが悟られないよう、細心の注意を払った。私がそこに立っている以上、何らかの影響を与えてしまうのはやむを得ない。しかし影響を最小限にする努力はすべきだ。考えた結果、鏡に向かって髪を触っているのが最も違和感がない、と結論した。直接見るより、鏡で視線をワンバウンドさせたほうが相手に気付かれにくい、という考えもあった。しかしこれは私の推測で、根拠のあることではない。個室を使った人間からすると、入った時に髪を触っていた人間が、出るときもまだ髪を触っているのは奇妙だったろうが、その駅は私の生活圏内になく、どうせ二度と会うことのない人間。迷惑をかけたわけではないし、多少ナルシストだと思われるくらい、なんでもない。それに私はマスクを着けていた。顔さえ見られなければ、何も見られていないのとそれほど変わらない、ということもできる。

立っていたのは30分と少しくらいだったろうか。私はとりあえず50のサンプルを得た。100くらいあったほうがよかったかもしれないが、別に論文を書くわけではないから、私がいいと思えば、それでいい。個室の中で、人は何をしているかわからない。もしかしたら、手を洗うようなことは何もしていないかもしれない。私の考えでは、トイレに入った以上は手を洗うべきだが、これが多数派の考えかどうか、私は自信がない。だから個室は除外し、そうでないほうのみ数えることとした。鏡だけ見て出て行ったり、あるいは私には理解できない動きをして出て行った人間は、もちろん除外した。記録は携帯電話で取った。それ以外に、方法はなかっただろう。なんでもいいが、便宜上、ハンドソープを使って手を洗った者を「あ」、水だけで済ませた者を「か」、全く洗わなかった者を「さ」

とした。当初、私は「さ」の存在を想定していなかったから、「さ」は調査を始めてから設けた区分、ということになる。しかし今思えば、事前に想定していて然るべきだった。結果は「あ」が16、「か」が28、「さ」が6だった。ハンドソープは据え付け型の、よくある下から押すと液体が出てくるタイプだった。液体は十分補充されていた。触るのが憚られるような、目に見える異状もなかった。私の通っていた神奈川県藤沢市の小学校では、そういう時代だったのか、金がなかったのか、地域性か、網に入った石鹸が蛇口に吊るされていた。網はろくに取り替えていなかったのだろう、いつも黒く変色し、触るのが憚られた。あのようなことはなかった。というか、本来あるべきではなかったのだ。

私はこの結果について、ここで所見を述べるつもりがない。もちろん、思うところがないわけではない。だから、そのうち小説でこういう話を書くだろう。しかし、明日のことはわからない。今ここでひとつだけ言っておくことがあるとしたら、洗っていない手、あるいは水だけで済ませた手で私の体に触るのはやめて欲しいということだ。

とおの・はるか（作家）「文學界」3月号

名実況の効果

宮田珠己

東京オリンピックがまさかの延期になり、宙ぶらりんな気持ちである。東京開催には賛否あり、私も別のことにお金を使ってほしいと思っていたが、オリンピック自体は大好きなので、こうなったらたとえ来年できない場合でも、再来年でも開催地を変更してでもいいからやってほしい。

どの競技も気になるが、私が注目するのはアナウンサーの実況である。興奮のあまりアナウンサーも解説者も冷静さを失って、単なる応援団になってしまってる実況に感動する。

たとえば、バルセロナオリンピック、競泳女子200メートル平泳ぎ決勝のラスト、アナウンサーも解説者も叫び倒していた。

「さあ、ノールをとらえるか、あと25メーターの勝負、25メーターの勝負、日本の岩崎にチャンスがある、チャンスがある、並んだ、並んだ、アニタ・ノールちょっとくたびれた、ちょっと疲れた、あと10メーター、並んだ、並んだ並んだ、ピッチがあがった、ピッチがあがりました、さあチャンスだ、さあチャンスだ、もうメダルは間違いない、メダルは間違いない、さあ、さあどうだ、逆転した、逆転した、逆転した、逆転した、勝ったあ、岩崎恭子金メダル！」

声だけ聴いても泣けてくる。長野オリンピック、スキージャンプラージヒル団体もよかった。

「風は向かい風、いい風が吹いている。K点以上跳べばトップに出てくる。今度は高いか、高い、高くて高くて高くて高くて、いったあ！　大ジャンプだ、原田あ！」

もちろん競技そのものにも感動しているのだが、アナウンサーの絶叫に近い実況でさらにそれが何倍にも増幅されるのである。ときどき、勝利の女神は○○にキスをしましたみたいな美しい言葉で伝える実況もあるが、美しくなくていいから我を忘れて絶叫してほしい。

記憶に新しい感動は、リオオリンピック、陸上男子4×100メートルリレー決勝だ。

「アンカー！　ケンブリッジに渡ったあ！　にっぽん現在第2位、にっぽん現在第2位、アメリカよりも前だ、ボルトがいく、ボルトがいく、にっぽん、にっぽん！　ぐう！　2位だあ、にっぽん銀メダルー！」

途中《ぐう！》という謎の叫びが混じっている。ぐうって、なんだ。アナウンサー本人も自分が何言ってるかわかってないのではないか。

もちろん批難《ひなん》しているのではない。熱狂のあまり漏れてしまった意味不明の叫び。アナウンサーも人間であり、その熱量が視聴者にも伝わってくる。名実況だ。

私が最初にオリンピックの実況に感動したのは、ソウルオリンピック競泳男子100メートル背泳ぎ決勝だった。今聴いてみると、ここにも一瞬意味不明の叫びが混じっている。

「あと15メートル、リードしているのはバーコフ、大地出てきた、大地追った、鈴木大地追ってきた、鈴木大地追ってきた、□?●¥か、逆転か、逆転か、さあどっちがどうだ、鈴木大地、勝った、鈴木大地金メダル！」

きっとアナウンサーは意味のあることを言ったのだと思うが、聴きとれない。興奮が滑舌を超えた瞬間である。

記憶に残るなかでもっとも何言ってるのかわからなかったのは、アテネオリンピック競泳男子100メートル平泳ぎ決勝。

「ラスト、ラスト20メートルだ、さあ北島がんばれ、北島がんばれ、ラスト、ラスト15メートル、北島先頭だ、ハンセンも来ている、ハンセンも来ている、やはりこの二人の闘いか、北島がわずかにリードしている、ラスト5メートルだ、北島いけ！ 北島いけ！ 北島○◆×&△#？だあ！ 勝ったあああ！」

ゴール寸前の北島はどうだったのか。さっぱりわからないが、言葉を超えた感動があった。

とここまで書いていてなんだが、私が史上もっとも感動した実況は、バルセロナオリンピック、陸上男子400メートル決勝だった。陸上の短距離競技は長年黒人選手の独壇場で、日本人はメダルはおろか決勝に残ったのも戦前の吉岡選手だけという状況。そんななか高野進選手がついに決勝に残った。もとよりメダルは望めないのはわかっていた。必死でくらいつくも結果最下位。私もまあそんなもんだろうとぼんやり見ていたら、ゴールの瞬間、アナウンサーがこう言ったのである。

「高野！　高野は世界の8位か！」
私は号泣した。ちゃんと聴きとれたが、その優しさに泣いたのである。

みやた・たまき（エッセイスト）「日本経済新聞」五月二十四日

葡萄の葉からもれる日

岩阪恵子

南東にむいた窓のちかくに苗を植えて二〇年ほどになる葡萄の木がある。野生のを改良した品種だとかできわめて丈夫だが、実は黒くデラウェアより小粒でたいへん酸っぱい。よく熟れたのを選って口にふくむと、酸味と甘味と渋みがつよく舌を刺戟する。たくさん収穫できたときは、鍋で煮たあと専用の三角形の布袋に入れ半日吊るし、滴り落ちたのに砂糖を加え沸騰させて葡萄ジュースをつくる。冷水で薄めて飲むが、ああ、うまい、と思わず声が出る。しかし収穫するには葡萄の房ひとつひとつに紙袋をかぶせてやらねばならないので、今年の生《な》りはいまひとつと見きわめた年はいさぎよく諦め、虫、鳥に進呈する。彼の口に入るのも吾の口に入るのも、生きものの口に入るという点では同じである。葡萄が口を選ぶわけではない。

葡萄の木はおもしろい。その幹は、古い木香薔薇にも似た感じだが、もっと黒くひねこびそそけだって老人のごとくである。ところが葉は五つの大きな切れこみに加え縁ぜんたいが細かな鋸歯になっており、安定感のあるいいかたちをしている。大きなものは人の掌以上になる。春ころからさかんに葉を出し蔓を伸ばしていくが、伸び放題になって困っていたその処理をやっと一〇数年前に見つけ、以後ずっと踏襲している。つまり掃き出し窓の外側に一〇〇円ショップで買ってきたネットを二枚張り、葡萄を簾がわりにするのである。ネットの上端は雨戸の上枠に固定し、下端はテラスに置いた古い物干竿に紐でゆわえ、窓とネットのあいだに三角形の空間をつくる。蔓の先をときどき誘導してやるとネットの上をくまなく這いまわり、気味がいいほど葉を繁らせていく。大きな窓ガラス二枚分がほぼおおいつくされていくのを、日々家の中から外から観察することができる。

こうして七月にもなると立派な緑の日除けが完成し、葉をかいくぐって吹く風が心地よく感じられる。

しかしもっとも愉しめるのは、幾重にもかさなった葡萄の葉からもれて部屋の床に落ちる日の光だ。それはなんともふしぎな絵である。木の床は緑に染まりながら、いたるところに点々と木もれ日を映しだす。ひとつひとつかたちの異なる点々の明かりが、輪郭をときにゆるめ、消し、また明瞭に主張する。そのまたたきの変幻に見るものの目と頭が眩ませられるのだ。夏の太陽はすぐに高く昇ってしまうから、床にひろがるこの昼の星座のような絵は、午前のひとときだけの愉しみである。

床に寝転がり、葡萄の葉を愛でながら隙間をとおる風を受け、大きさもかたちもとりどりのゆらいでは点滅する光を全身にあびる。そんなときふと、自分を羽化したばかりの薄緑の蟬のようにも錯覚することがある。ニンゲンをちょっと離れる瞬間である。

葡萄の葉には、新芽を好んで食べるアカガネサルハムシという甲虫がよくやってくる。緑と赤にきらきら輝く体長五ミリほどの美しい虫だ。触るとすぐにひっくり返って落ち、死んだふりをする。

葉が繁りだすとスズメガの幼虫が姿を見せる。小さいのから大きいのまで。緑のから褐色のまで。ふしぎと成虫の姿は見ない。夏のあいだにいったい何匹の幼虫があらわれることだろう。下に落ちている糞を見て、どのあたりにいるか見当をつけ探す。いた、いた。みずみずしく肥ったのに出会うと、嬉しい気持になる。サクサク、シャリシャリという音が聞こえてくるほどの食欲。食べても食べても葡萄の葉はなくならない。その幼虫を狙ってアシナガバチが葉蔭を飛びまわるかとおもえば、唖のアブラゼミが目と鼻のところに止まっていることもある。

昨年の八月には、蔓の太さとほとんど変わらない幼いアオダイショウが水平になった葡萄の蔓に横たわっていたことがあった。つよい日差しを避けてまどろんでいたのだったろうか。見つけたとき、胸がどきどきした。あまりにも間近だったから。背の柄も美しい四、五〇センチの痛々しいほどに細いからだ。視線をそそいでいると敏感に察し、壁のほうへと移動してしまった。悪いことをしたかなと悔やんでいたら、幼蛇は蔓づたいに開いていた玄関の窓からなかへ入り、なんと窓際の台のうえで小さくとぐろを巻いているのだった。

季節が移ろうと、葡萄の葉は虫喰い、破れ、黄ばんで、簾は無惨なありさまになる。逞ましい蔓はネットをまだしっかり摑んでいるが、こちらはそろそろ秋の日が恋しい。思いきって蔓に鋏を入れていく。

翌朝葡萄の木は、昨日と同じように吸い上げた水の行方に困って、切口からぽたぽたと涙のようなものを滴らせる。

いわさか・けいこ（作家）「かまくら春秋」8月号

ごちそうさま

浅田次郎

「いただきます」と「ごちそうさま」は、およそ日本人である限りおろそかにできぬ儀礼である。

たとえ声に出して言わなくても、食前食後には誰もが一呼吸置いてそう胸に念じる。まことうるわしいならわしである。

これらに相当する外国語は思いつかない。少なくとも英語と中国語に、「いただきます」はないと思う。「ごちそうさま」は礼儀というよりお愛想として何か言わねばならぬから、たとえば“Thank you for the meal.”とか「吃好了《チイハオラ》」となるのだが、やっぱり「ごちそうさま」とはニュアンスがちがう。

そもそも日本人の「ごちそうさま」は、礼をつくす相手を必要としない。天恵に対する感謝としての、「いただきます」「ごちそうさま」なのである。よって、ひとりでカップラーメンを啜《すす》る場合でも、あだやおろそかにはしない。どうしたわけか私たち日本人は、太古から食事のたびにそう念じ続けてきた。

話は突然変わる。

令和二年六月初旬、すなわちコロナ禍も真ッ最中に、旧友から衝撃の知らせを受けた。神田神保町はすずらん通りの『キッチン南海』が、六月末をもって閉店するというのである。一瞬、エッと叫んでスマホを取り落とした。おのれの人生の一部分が、消えてなくなるような気がしたからであった。

本稿の愛読者はすでにご存じと思うが、私はカレーに偏執している。そしてその執着の原点にして基準となっているのは、神田神保町すずらん通り『キッチン南海』のカツカレーなのであった。

この先は限りある紙数の都合上、かつ舞台の設《しつら》えにふさわしく、拙著『天切り松　闇がたり』ふうの筆に改めさせていただく。

さて、話ァ今を溯《さかのぼ》ること五十数年前《めえ》の夏の日ざかり、十と五歳の俺が家《ヤサ》の近所の神田神保町を、空《す》きッ腹《ぱら》かかえてブラブラと、流していたと思いねえ。

家があっても親がねえ。親がなけれァ飯が食えねえ。おまけに飯を食ったら本が買えねえ、本を買ったら飯が食えねえてえ懐具合さ。

カレーの香ばしい匂いに誘われてすずらん通りを歩き、ひょいと見れァ看板に、本を買ってもライスカレーが食えるてえおあつらえ向きの店があった。「いらっしゃいまし」と威勢のいい声がかかって暖簾《のれん》を分けりゃあ、店の中はギッシリ満員の大繁盛。カウンターに腰を下ろせば熱くて辛くて真ッ黒なライスカレーが出た。いやはや、そいつのうめえの何の。俺ァすっかり首ったけになっちまって、惚れた女でもあるめえに三日にあげず通いつめたものだったぜ。

大学に行かずに自衛隊。市ヶ谷駐屯地に配属されたのをこれ幸いに、外出のたんびに神田まで一ッ走りさ。みなさん泣いて喜ぶ帝国陸海軍以来のライスカレーなんて、ケッ、俺に言わせりゃちゃんちゃらおかしかった。

カツカレーを食い始めたのはそのころだったかの。カレーの専門店がメニューを増やして、チキンカツや魚のフライを出すようになり、〝カレーの南海〟てえ看板も〝キッチン南海〟に変わった。したが俺ァ、カツカレーだ。他の客があれこれ食ってるのを見れァ、定めしうまかろうと思っても、口は二つねえんだから仕方ねえさ。

それからいろんなことがあった。物書《け》えて飯を食うのは生易しい話じゃねえから、いろんなことがあった。「いらっしゃいまし」「ありがとうございました」しか言わねえシェフの帽子は、いつも真ッ白だった。何もかもがめまぐるしく変わっていくのに、『キッチン南海』は変わらなかった。だから俺も、まだ大丈夫だと思うことができた。そうして二人は、カウンターを挟んで一緒に齢《とし》をとっていった。「いらっしゃいまし」「いただきます」「ごちそうさま」「ありがとうございました」。かわした言葉はずっとそれだけだった。

そんな俺が、ようやっと物書えてお足を頂戴するようになったのァ四十のあとさき、ちょいと目を持ったと思ったら、そっからはとんとん拍子にうまくいった。そうとなれァ顔も売れるんだが、ガキの時分から食い続けたライスカレーがやまるわけもあるめえ。なにせ本屋だらけの神保町だから、やたらと面が割れる。相席の客に声もかけられるし、店から出たとたんに待ち伏せで、サインしてくれなんてえこともあった。

駿河台のホテルで缶詰仕事をしていたときにァ、昼飯がカレー、晩飯がカツカレー。ほかのメニューを取らねえのはガキの時分からの習い性か、いやそうじゃねえ、これがおいらのあてがいぶちだって、勝手に決めていたのさ。

それでも、たがいにお愛想ひとつ言ったためしがねえ。「いらっしゃいまし」「いただきます」「ごちそうさま」「ありがとうございました」それだけだったぜ。

三日にあげず通っていた店が、週に一度となり月に一度となっちまったのァ、齢食ったせいさ。神田はもともと学生の町だから、食い物は何だって盛りがいい。よもや食い残すわけにァいかねえし、盛りを軽くしてくれなんて、口がさけたって言えるもんかよ。

そのうちシェフの姿が見えなくなった。暖簾分けかと思ったがそうじゃなかった。何たって余分な口をきいちゃならねえ店なんだから訊《たず》ねようもなかろう。もっとも、シェフが死んでも味はまるっきし変わらなかった。すげえ店だぜ。

どうでえ。これで俺がスマホを取り落としたわけが、ちったァわかってもらえるだろう。あの店は親の説教よりもいろんなことを教えてくれた。親の飯より数を食ったんだからあたりめえだがな。

閉店まで残り少ねえてえ雨の日に、食いおさめのカツカレーを食いに行った。コロナがどうした。世の中にァ命より大事なカレーがあるんだ。そう思い定めた連中が、すずらん通りを貫いて靖國通りまで並んでやがった。

空きッ腹はいいもんだの。本か飯かと迷ったころを思い出した。こんちくしょう、最後の最後まで説教たれやがると思や、雨と涙がいっしょくたになった。

二時間並んでカウンター席に腰かけた。カツカレーを注文して、ふと魔が差した。「ショウガ焼きも」。節を曲げたわけじゃねえよ。どうにか一丁前になったんだから、あてがいぶちに一皿足してもよござんしょう。なァ、シェフ。

『キッチン南海』はすずらん通りに五十四年。俺ァそのうち、五十三年を食い続けた勘定になる。なぜかって？　そりゃあおめえ、決まってるだろ。うめえからさ。

「ごちそうさまでした」

スプーンを置いて俺は言った。

"Thank you for the meal." でも「吃好了」でもねえぞ。天の恵みにごちそうさまだ。

「ありがとうございました」

雨の通りに出たとき、名前も知らずじまいだったシェフの声が背中を追ってきた。

あさだ・じろう（小説家）「SKYWARD」10月号

心は自由

ふくだももこ

映画監督と小説家になっていることを、十年前、大阪でいらいらしながら川べりで自転車をこいでいた十八歳の自分は、どう思うだろうか。

「なりたかったんやろ？　よかったやん」と、何も知らないのに、世界のすべてを知ったような目で、笑ってくれるだろうか。

昨年九月に監督した長編映画「おいしい家族」が公開になり、小説版も執筆し、刊行した。作品のテーマは、性別や血縁や国境に縛られない、やさしい家族の物語だ。

映画や小説のインタビューをされる上で、自分の生い立ちのことだけは、話そうと決めていた。

私の家族は全員、血がつながっていない。

両親はもちろん、三つ上の兄も私も、別の人から生まれた養子だからだ。

私は、生後すぐ以前の名前で新聞に載った。

「きょうこちゃん（一カ月）」の文字の下で、まんまるの赤ん坊が笑っている記事を見たとき「かわいいなあ」と思った。それが自分だという認識は、もちろんあった。

母は小さい頃から私たち兄妹《きょうだい》に「二人は、お母さんのおなかから生まれたんちゃうのよ」ということを伝えてくれていた。

自分が養子であると認識できたのが小学一年生で、私はそれを頭の中の「なんかようわからんけど、おもろいこと！」のポケットに入れ、翌日には学校で言いふらしたそうだ。

同級生が悪意なく「じゃあ、ももちゃんって捨て子ってこと？」と聞くと「ちゃうわ！もらわれ子や！」と返した話を家で聞いた母は「この子、強っ！」と思ったという。

養子であることで、不幸だと思ったことはない。

血のつながらない家族は、家族ではないのか？　そんなことはないのだ。

むしろ、私を産んだ人が「施設に託す」という選択肢を持っていたことが幸運だとも思う。

児童虐待で死んでしまった子供や、生まれてすぐトイレに流れた赤ん坊のニュースを見るたび「この子は私やったかもしれない」と思う。

そして同時に、子供たちの母親のことが浮かぶ。

彼女たちを批判することは簡単だ。

だけど、考えるべきは彼女たちに、選択肢はどのくらいあったのかということではないか。

頼れる人はいたのか、経済状況はどうか、心身は健康であったか。

産んだ人のことを私は何も知らないけれど、産むという決断をし、育てられないから施設に託す選択を持っていたこと、そして実行してくれたことに、本当に感謝している。

おかげで、やさしい両親のもとすくすく育ち、映画監督や小説家になるという夢を抱き、行動に移すことができた。

自分の生まれ育った環境をどう捉えるかは、その人の自由だ。

私も「生みの親に捨てられた」と思って落ち込むことはいくらだってできる。

だけどそれをしなかった。ラッキーだと思った。

憎しみに縛られるよりも、心は自由でいたかった。

私は私の幸運や不幸を自分で決めたいし、感じたい。

そして、しんどい思いをしている人がいたら、できるだけやさしくしたい。

「休んだら?」「飲みに行こうや」「ごはんたべよう」

そんなふうに、いつだって声をかけられる人間でいたい。

たった一人のあなただから、あなたのままでいて。と言いたい。

私の体はひとつしかないから、すべての人に言って回ることができないけれど、映画や小説が、どうか私の代わりに、誰かに寄り添ってくれたらいいと思う。

おいしいものを食べたあとみたいに、心が少しでもあたたかくなりますようにと願いながら。


ふくだ・ももこ(作家・映画監督)「東京新聞」二月七日・夕刊

「第九」再び抱き合えるか

岡田暁生

いつか「コロナは去った」と世界の誰もが感じるようになる日。それを祝うコンサートとして、ベートーベンの「第九」ほどふさわしい曲はないだろう。

１００人を超える合唱が「抱き合え、幾百万の人々よ」と歌うとき、宗教も国籍も超え、友愛を確かめ、再び抱き合える喜びを誰もが実感できるはずだ。しかし、今のところ、これは遠い未来の夢物語に思える。

まず、物理的な問題がある。「距離をとること」が世界的に求められる今、「第九」は最も上演が難しい音楽になってしまった。交響曲と合唱を合体させた「第九」にとって、舞台に所狭しと奏者や歌手を並べることで生まれるサウンドの「密度」こそ命だ。

しかも、ここで言う響きの密度とはただの音響効果のことではない。ベートーベンはフランス革命の世代。若き日に熱狂した「自由・平等・友愛」の夢が、「第九」にも刻印されている。つまり、響きの密度は友愛理念を可聴化したものであると言っていい。

もし合唱のメンバーの間にシールドを立てたりしたら、「抱き合え」と歌っているのに一向に距離が縮まらないという、ブラックジョークのような光景が出現する。理念自体の粗密化だ。「第九」の上演はワクチン待ち——そんなSFのような状況に、私たちは直面しているのである。

「第九」の初演は一八二四年。市民社会がまだ若かったころである。同様に、一般の人々に開かれたコンサートも目新しかった。

コンサートとは「誰もが分け隔てなく集い、音楽で感動を分かち合う」という社会的な仕組みである。フランス革命の頃にイギリスで誕生し、19世紀に広まった。18世紀の封建社会においては、音楽は貴族や教会の贅沢《ぜいたく》な独占物だった。しかし民主主義が、誰でも集って音楽を聴ける制度の母体となる。コンサートという制度は、市民社会の申し子だったのだ。

ベートーベン生誕250年という記念の年にもかかわらず、今年は多くの「第九」公演が中止を余儀なくされるだろう。これは二〇二〇年を象徴する出来事だ。

オーケストラと合唱という最もホールに映える手段を駆使し、「分け隔てなく抱き合おう」と呼びかける「第九」は、民主主義のアイコンとなった。しかも巨大サウンドという点で、今日のロックコンサートも含む大規模イベント系音楽の原型でもあった。1万人以上を収容できるイベント会場でも上演可能。そんな音楽は、19世紀にはほとんどなかった。

欧米で大ホールが建てられるようになるのは19世紀後半。何千人もの人々を興奮の渦に巻き込む「第九」には、集う人々の熱エネルギーで動くという近代社会の夢が投影されていた。だから「第九」が上演不可能という事態は、おのずと「近代社会のエンジン停止」という象徴的意味を帯びざるを得ないのである。

ナチスドイツがヒトラーの誕生日の前夜祭に上演することもあったが、それでもワーグナーと違って「第九」には、御用音楽の烙印《らくいん》が押されたことはなかった。それは「第九」が国家主義ではなく、あくまで全人類的な友愛を歌った曲だからだ。ベルリンの壁が崩壊したとき、「第九」はアメリカ、ソ連、東西ドイツから参加した音楽家たちをバーンスタインが指揮するかたちで記念演奏された。それだって、国境を越えた歌としての演奏であっただろう。だからこそEUも「第九」のテーマを「欧州の歌」に採用した。「第九」であれば、どの国だって納得するのだ。日本初演をしたのが徳島・鳴門の収容所のドイツ人捕虜だったことも忘れてはなるまい。

しかるに新型コロナウイルスは、まさにブレグジットの最中に襲来し、WHOは国家のいさかいの場と化し、EUも友愛の絆としては役に立たないことを露呈した。自由と民主主義の国のはずのアメリカにあって、平和的デモに警察が催涙ガスを撃ち込み、一部は暴徒化した。互いの距離を気にせず、大声をあげて集う何千もの人々は、平時であれば「第九」を歌っていたかもしれない。しかし彼らは今、人種差別に抗議して取り締まられ、大統領にテロリスト扱いされている。

「第九」が聴く者を熱狂の渦に巻き込む大傑作であることに疑いはない。しかしその感動は、コロナが露呈させた「近代社会の破綻《はたん》」という現実を忘れさせかねない危険をはらむ。「力をもらった!」と一時的に鼓舞されるだけならば、きたるべき「第九」の再演は、単なる音楽イベントとして消費されて終わってしまう。

ベートーベンは今、250年の時を経て私たちに問う。これまで「第九」で歌い上げてきた理想社会を、君たちは嘘《うそ》だったと言い切るのか。それとも君たちは、この「第九」の理念を真に自分たちのものにするため、再び本気で立ち上がるつもりなのか、と。

おかだ・あけお（音楽学者）「朝日新聞」八月四日

姉妹からの教訓

林　真理子

先日、阿佐ヶ谷姉妹と対談させていただいた。そのことを女友だちに自慢したら、

「わー、素敵ねー」

「一度会ってみたい」

と想像以上の反響が。三十代から五十代までみんな姉妹を大好きなのである。

どうしてこんなに人気があるんだろうと考えていたら、雑誌にこんな一文を見つけた。

「彼女たちが、結婚しなければならないという呪縛を解きはなった」

というのである。

なるほどなあ。別に結婚しなくても、住んでいるところは六畳一間でも、仕事と友情があれば、のほほーんと楽しく暮らしていける。姉妹はそれを教えてくれるのだ。

ご存知のとおり、若い時から私はひといち倍、結婚願望の強い女であった。ちょっとでもつき合い始めると、

「ちょっと、結婚してくれるんでしょうねッ」

とまぁ、口に出さないまでも強い光線を出し、相手にかなり引かれていた。

相手がちょっとしたファッションリングをプレゼントしてくれようものなら、

「これはエンゲージリングなの？　えっ、違うの？」

と、じわじわせめていく。

もしあの時私が、

「三十代は、自由に恋をするって決めてるの」

とでも言えば、もっとモテていたかも。フラれることもなかった。本当に口惜しい。

そんな私だから、同じ世代で結婚しない友だちが理解出来なかった。友人の一人は、恋人からプロポーズされた時、ものすごく嬉しかったが、

「やっぱり仕事を優先したい」

と断わったという。今と違って、二者択一をしなければならない空気があったのだ。

「もったいないことをしたねー」

私が言うと、

「本当にエリートだったから、もったいないことをしたワ」

と彼女は言ったが、私に合わせてくれただけかもしれない。彼女は今も独身である。が、自分のマンションを持ち、仕事も続け、とても楽しそう。同じような女友だちも多く、コロナ前はよく旅行に出かけていた。

「いろんな生き方があっていい」

というのは、無責任でインチキっぽいとずっと思っていた私。

結婚して子どもを産む、という一応のガイドラインがなければ、人は迷ってしまうに違いない。「いろんな生き方」をしているうちに、年とって一人ぼっちのみじめなバアさんになるぞ…、と考えていたのであるが、そんなことはなかった。

お金と健康、そして友情を持っていれば、充分に素敵な人生をおくれることを友人たちが証明している。

阿佐ヶ谷姉妹などその典型であろう。

が、「いろんな生き方」の中には、

「結婚して子どもを産んで、あったかい家庭をつくりたい」

という人も当然出てくる。

今、こういう保守的な女性は受難の時代である。私のようなおせっかい仲人おばさんは、世の中から絶滅してしまった。マッチングアプリ、というテもあるが、先週、

「女性が写真とすごく違う」

と男性が嘆いていたのと同じように、

「男性が写真とすごく違う」

というデメリットも。が、しつこくやればいつか好きなタイプにめぐり合えるかもしれない。

ここからは私の個人的な意見であるが、「いろんな生き方」の中には、一応いろんなことを試してみる、という人生もある。それもいいかも。

つまり一回は結婚してみて、それでダメだったら離婚するやり方がある。子どもは最後まで責任を取らなければならないが、夫婦は間違っていたらさっさと別れればいい。それでいろいろ言われる世の中ではないし。

蓮舫さんの離婚なんて、まわりの女性たちは、「それアリ」と口々に言っていた。子どもが内定をもらったら、それで夫婦の役割は終えたという考え方は新しいかも。

ここでぐれぐれも声を大にして言いたいのは、貧困にあえぐシングルマザーだけにはならないで、ということだ。どうか女性が、しっかりとした経済的基盤を身につけて欲しい。女性がしっかり稼いでいれば、好きな男といつでも結婚出来、いつでも別れられる、という自由を手に入れられるのだ。

昨日テレビを見ていたら、タレントの紗栄子さんが出ていた。相変わらずキレイ。新しい会社を立ち上げたんだそうだ。好きなタレントさんであるが、昨日の番組ではやたら被害者ぶってたのにはがっかりした。

「世の中から、どうしてこんなにすごいバッシングを浴びるのかわからない」

と何度も繰り返していたが、早い話、インスタグラムをして、自分の情報をたれ流していることに気づかないんだろうか。

ともあれパワフルで前向きのところはいいなぁ。そういえば、

「紗栄子という生き方」

という特集が組まれていたっけ。女性もこう言われたら一流です。

はやし・まりこ（作家）「anan」9月30日号

街に人が集まる理由

荒俣　宏

さみしいなあ、街に人がいなくて。

不要不急でない人は外出を自粛しなければならぬと承知はしているが、街から人影が消えてみると、今までは不要不急の人が何と多かったことかと、あらためて思ってしまう。だが、街というのはもともと、人を集めて住まわせるところだった。「ちまた」という古いことばがあるけれども、これは「股になった（分岐した）」道を意味する。分岐した道が何本も交われば、人も多方向から集まり、やがてそこに住みはじめる。人の出入りが街をつくるのであって、そこには要も不要も、あるいは急も不急も、区別がなかった。

京都も明治維新が終わってからはさみしい時期があった。それを盛り返して現在の賑《にぎ》わいをつかんだ。私が「不要不急」のときにふと出掛けたくなる熱海という観光地も、ひと昔前は団体旅行に的を絞りすぎたせいで個人客をつかみ損ね、空き家になった巨大ホテルが並ぶさみしい街に落ちぶれたが、10年以上かけて人が集まる場所に改造したのだった。ここ数年は見違えるばかりの賑やかな街に戻ったところなのである。

日本人には旅の文化がある。暇ができると旅に出る。それも、ジャルパックで団体の海外旅行というお手軽なものだけでなく、自己をみつめ、自然を観察する「漂泊の旅」も、人気があった。島崎藤村が「小諸なる古城のほとり雲白く遊子悲しむ」と詠じたように、不要不急を飛び越えて、侘《わ》び寂びの心境をもとめた。「遊子」とは遊んでいる子供ではなく、独り旅する人という意味だ。道理で、「遊」と「旅」は字形がよく似ているわけだ。中国の字源論だと、「旅」は集団を作って先頭に旗を立てて道をすすむ形だそうだ。しかし、「遊」のほうはたった一人で道をすすむ形であり、「子」の字が「独り」を表すらしい。しかも、独りで旅するのは神の旅であり、自由にどこでも行ける。だから「遊ばす」という尊敬語も生まれた。これに対し、「旅」のほうは軍隊用語に「旅団」という語があるとおり、整列して規律を保つ軍隊の行進である。どちらにも旗が関係するので、団体旅行のガイドが旗をもって先導する姿は偶然ではないかもしれない。

こうした旅行を可能にしたのが、道である。この字も、「遊」に似ているが、首があるのは、これを掲げて邪霊を祓《はら》いながら異界へ踏み込む呪術を意味したらしい。そうやって、人が住める街にしたのだ。主要道を「街道」と呼び、また「北海道」のように一定の地域名にも使われて、街と道との一体化が印《しる》された。源頼朝は関東にも観音巡礼路をつくりたくて、道路網を整備した。道路網ができれば、巡礼が通る。巡礼が通れば宿場ができて、自然に都になる。江戸幕府も、観音霊場ならぬ廓《くるわ》をつくり、人々にそこへ行く道を踏み固めさせた。大量の遊び人が知らずにゾロゾロ歩いて「遊女」に会いに行くうち、隅田川の洪水を防ぐための堤ができあがり、安全な都になったというのが、地形学者・竹村公太郎さんの仮説だ。道よ、今回の災いもどうか祓い浄《きよ》めてくれまいか。

あらまた・ひろし（作家・京都国際マンガミュージアム館長）「京都新聞」四月十七日・夕刊

ひとりぼっちにさせへん

佐伯啓思

東日本大震災から九年である。この九年がどういう時間だったのか、関西では最近、報道でもあまり取り上げないので、私にはよくわからない。だが、いくら物質的な意味での復興が進んだとしても、九年前に受けた精神的な打撃やトラウマは、とてもではないが癒やされるものではないだろう。

今年はまた阪神・淡路大震災から二十五年になる。この巨大地震によって自らも被災しながら、疲労困憊《こんぱい》のなか、被災者の精神的な痛手を少しでも和らげようと、救護所や避難所をまわり必死に働き続けた一人の精神科医がいた。神戸大学医学部付属病院の医師だった安克昌《あんかつまさ》さんである。

その安さんをモデルにしたドラマをNHK大阪放送局が制作し、このほど放映された。

「心の傷を癒《いや》すということ」というタイトルである。ドラマのもとになったのは同名の書物であるが、これは、震災直後から被災者と向き合った安医師の二十五年前の記録である。

安さんは、当時はまだ研究の進んでいなかった多重人格を主たるテーマに選んだ、まだ若い精神科医であった。おそらく医師としての自らの方法論も確立してはいなかったであろう。そこへ想像を絶する事態が有無をいわせずに襲い掛かってきたのである。

必死で手探りの診察を続ける安さんの姿をドラマは描いていたが、いや、これは診察などというようなものではない。被災者もとてつもない経験をした直後なのである。話ができるだけでもよしとしなければならない、といった状態であった。

それから五年後、安さんはガンを発症し、まだ三十九歳の若さで亡くなった。ちょうど三人目の子供が誕生した二日後であった。近づく自らの死を知りつつ、彼は家族といる時間を大切にし、また病院での診察を行った。ドラマで、その最期の日々のある場面がでてくる。

車いすにのって母親と妻と散歩をしている。彼は、静かにこうつぶやくのである。「こころのケアって何か、わかった」。それは「誰もひとりぼっちにさせへん、てことや」と。

とてつもない不幸に見舞われたり、想像を絶するような悲惨な経験を強いられたりする人がいる。その横にたたずむ者には何もできないし、また何もできない自分が腹立たしくも思える。

だが、そこに一緒にたたずんでいればいいのである。「ひとりぼっちにさせへん」と言えばいいのである。これは、特別に精神科医だから発した言葉ではない。一人の人間が一人の心の痛手を負った人に送った言葉である。

われわれは誰もが、特に病気というわけではなくとも、また精神科を受診しなくとも、どこかに精神の不安を抱え、場合によっては、人には言えないトラウマを隠し持っている。だから、せめて、自分の近しい者に対して「ひとりぼっちにさせへん」と言えればよい。だが、この簡単な言葉がなかなかでてこないのである。

大震災のような非常事態であれば、この言葉も口をついてでてくるのかもしれないが、平時にこのように言うのは難しい。特に日頃から近くにいる者に対してはそうである。だが、口には出さずとも、態度ででも「ひとりぼっちにさせへん」を指し示すことができれば、ずいぶんと違ってくる。われわれには、深く傷ついた人の心を「治す（キュア）」ことはできないが、「癒やす（ケア）」ことはできるかもしれない。

東日本大震災が起きて九年。いま、われわれは、かの地の人たちに対して少なくても「ひ

とりぼっちにさせへん」を態度でも示しえているのだろうか。今日の日本を見ていてつ
いそう思ってしまう。そしてまた、生きている者は、死者に向かっても「ひとりぼっち
にさせへん」という責務があるのではなかろうか。

阪神・淡路大震災で自身も被災しながらも被災地を見てまわり、親しかった安さんに
新聞の連載を依頼した私の知人のジャーナリストは、いまだに安さんを思うと何も言え
なくなる、何も考えられなくなる、と言っていた。彼は充分に責務を果たしているのだ
ろうと思う。

さえき・けいし（京都大学名誉教授）「東京新聞」三月十一日・夕刊

人間を「機械」にする罠

伊藤亜紗

ＡＩのバイアスをめぐる議論が世界的に盛んになりつつある。バイアス、すなわち偏見や差別のことだ。

周知の通り、ＡＩは膨大なデータを学習することによって、判断を下すことができるようになる。人間は現実の世界の中で学ぶが、ＡＩにとっては与えられたデータがすべてだ。データに偏りがあれば、偏った判断を下すＡＩになってしまう。結果として、人間の社会に含まれる偏見が、写し鏡のように、ＡＩに移行してしまうことがある。

たとえば二〇一八年には、米アマゾン社が採用試験を自動化するために開発したＡＩにバイアスがあったことが明らかになった。このＡＩは、過去10年間の採用実績にもとづき、応募者の履歴書を1～5個の星の数でランクづけする。ところが実際に動かしてみると、「女子大学」「女子チェスクラブ部長」など「Ｗｏｍａｎ」という言葉が入っている履歴書を低く評価する傾向が明らかになったのだ。アマゾンは全社員のうち約6割が男性だ。このジェンダーバランスに倣ったために、女性を差別する採用システムができあがってしまったのである。

採用試験にＡＩを用いる動きは、アマゾン以外にも広がっている。たとえば、複数の米大手企業が、ビデオを用いた面接を導入している。応募者は実際に人事担当者に会うことなく、パソコンのモニター越しに与えられた質問に答えていく。その様子は映像に撮られ、ＡＩがそれを分析する。しゃべり方や声のトーン、表情の変化などから、次の面接に進むべき人物をリコメンドするのだ。このシステムが、まひや吃音《きつおん》の当事者など、流暢《りゅうちょう》な発語が難しい応募者をあらかじめ排除するものであることは言うまでもない。

こうしたバイアスをなくすために、学習に用いるデータに多様性をもたせ、偏りがないようにすることは重要だろう。人種、ジェンダー、障害の有無等、さまざまな人間がいることをＡＩに知ってもらい、「人間」なるものの定義を精緻《せいち》化していくのだ。アメリカでは、ＡＩ製造元の責任を問う動きもある。

しかし、だ。実はここにこそ重大な罠《わな》があるのではないか。そもそも私たちは、有限個の特徴の束によって記述し尽くせるような存在ではないはずだ。現実とそれについての記述はイコールではない。生きているということは、パラメータに還元できない、その人だけの世界を持っているということだ。そのことを忘れて現実と記述を同一視してしまうと、多様性を目指していたはずが、人間をステレオタイプに固定してしまうことになる。

18年にアメリカで自動運転テストカーが、歩行者を死亡させる事故が起きた。その車に搭載されていたシステムが、横断歩道のない場所で道を渡る人がいることを、想定していなかったのである。そう、人間とは、横断歩道がなくたって道を渡るような自由な存在なのだ。

いや、他方で違う未来も見える気がする。それは、ＡＩが想定する定義に合わせて、人間が横断歩道以外の場所では絶対に道を渡らなくなる未来だ。パソコンしかり、スマホしかり、新しいテクノロジーが登場すると、人間はむしろ自分の方をそれに合わせて作り変えてしまう傾向がある。ＡＩそのものを否定するつもりはない。だがそこに潜むバイアスに、私たちは十分注意する必要がある。なぜならその本当の意味は、ＡＩが人間を機械のようなものだと見下し、そして実際に人間が機械のようになっていくことにあるのだから。

いとう・あさ（美学者）「朝日新聞」一月十五日・夕刊

逆説で語り続けた〈自由〉

鷲田清一

劇作家、美学者、評論家。佐藤内閣や大平内閣の知的ブレーンの一人であり、サントリー文化財団の中核であり、かつ座談の名手（丸谷才一氏との対談は百回を超すと聞く）。山崎正和さんにはいくつもの顔があった。そして日本の近代文学を切開した『不機嫌の時代』、高度消費社会を論じた『柔らかい個人主義の誕生』、「信用と相互評価」を軸とする社交性の復権を説いた『社交する人間』など、時代を診断するその手さばきはいずれも先行モデルのないものだった。

「原則」を疎《おろそ》かにしないこの人の明確な語りに舌を巻きつつ、それでもいくばくかの皮肉や抗弁を向けることができるようになったのはいつ頃からだったか。そういう反作用を面白がってくれる山崎さんはじつに分け隔てのない人だった。

凡庸な表現を怖《おそ》れずにいえば、山崎さんは最後まで〈自由〉を尊ぶ人だった。ここで〈自由〉とは囚《とら》われのなさということであり、軍隊のそれであれ社会の「空気」であれ、あらゆる強制への抵抗でもあったのだが、しかしその語り口は二重、三重に屈曲していた。〈自由〉を理想として語りだすのではなく、〈自由〉を護《まも》るには何よりもそれを制約するものを見届けておかねばならないという思いからだろう。

文明を論じても、政治や芸術や教育を論じても、山崎さんの議論はつねにある〈逆説〉に収斂《しゅうれん》してゆく。その逆説とは、『演技する精神』以降、山崎さんがずっとこだわり続けたテーマ「リズム」を例にいえば、こういうものだ。——「拍子を刻むのは醒《さ》めた理性的な行為であるが、それを正確に刻めば刻むほど、つまり意識が醒めれば醒めるほど、逆にリズムによって陶酔させられるという逆説」(『文明の構図』)。いいかえると、何ごともそれが極まる瞬間にその反対物に転化すること。このような反転が悲劇的な結末を迎えるすんでのところで、それを「文化」へと変換させる、その知恵を読みとることが、山崎さんの文明批評の軸としてあった。

こうした冷徹ともいえる視線に感傷はそぐわない。とはいいつつも、私は山崎さんの書き物のなかでいちど目頭を熱くしたことがある。敗戦直後の旧満州で、中学に入学したての山崎さんが受けた授業の記述である。零下20度の仮設の教室は、軍隊とともに教員も去って、教員免許をもたない技術者や大学教授らが授業を担った。マルティン・ルターの伝記をひたすら読み聞かせたり、(漢文ではなく)中国語を教えたり、古びた蓄音機でラヴェルやドヴォルザークを聴かせたり。「なにかを教えなければ、目の前の少年たちは人間の尊厳を失うだろうし、文化としての日本人の系譜が息絶えるだろう。そう思ったおとなたちは、ただ自分ひとりの権威において、知る限りのすべてを語り継がないではいられなかった」(『文明の構図』)。この「死にもの狂いの動機」「文化にたいする疼《うず》くような熱情」こそ、現代の日本の教育に欠けているものだというのである。

山崎さんは公教育は最低限に約《つづ》め、学齢制や指導要領のない私学校を、教えたい人が社会の支援を得て作ったほうがいいという考えだった。官製ではなく、民間という、文字どおり民の間で事をなすことにこだわり続けた。サントリー文化財団で若手研究者の顕彰・支援や地域文化の発掘に尽くしたのも、この国の文化が破局的にならずしかと持ちこたえる、そのための下支えだった。

こうした社会活動も山崎さんにはまぎれもない〈自由〉の逆説としてあった。それは、「職業を役として演じることによって、われわれは、自分がその職業的地位そのものであることを拒んでいる」（『演技する精神』）という、そういう囚われのなさへの劇作家としての矜持《きょうじ》でもあった。山崎さんが幾度も大きな公職を引き受けたのも、今から想《おも》えばそれを「役」として忠実に演じることでその外に立つという、そういう〈自由〉の賭けだったのだろう。いかなる職業人に対してもそのエキスパート性への敬意を忘れなかったのも、同じ理由による。それはジェントル（優しく、礼儀正しい）ともいえる態度であり、何よりも、群れること、もたれあうこと、乱れること、流されることをみずからに禁じる〈自侍《じじ》〉であり、緊張であった。

近年は、独自の「社交」論や、「世界文明史」の試み、装飾やデザインなどの原論的な仕事に思う存分取り組み、最後は原点回帰ともいうべき「哲学漫想」の執筆を楽しまれたことが、氏を喪《うしな》った者へのせめてもの慰めであろう。

わしだ・きよかず（哲学者）　「朝日新聞」八月二十三日

物語爆弾のしわざ

井上荒野

「愛の不時着」という韓流ドラマにはまっている。

「はまるよ」と言われて試しに見てみたら、穴に落ちるようにはまってしまった。私と夫は毎日、夕食後に映画を1本か連続ドラマを1話観《み》る。その習慣に従って、このドラマも1日1話ずつ観ているのだが、私は日中、「夜になったら愛の不時着が観られる、夜になったら愛の不時着、夜になったら不時着……」と、目の前に人参をぶら下げられた馬のような気持ちで仕事をしている。

ヒロインのセリはソウルの財閥令嬢にして実業家。ヒーローのジョンヒョクは北朝鮮の軍人。セリがパラグライダーの試乗中に竜巻に煽《あお》られて北朝鮮に「不時着」してしまい、そこに行き合わせたジョンヒョクに匿《かくま》われることになり、愛が芽生える……というストーリー。タイトルもすごいが、舞台設定もすごい。

それにしても、どうしてこんなにはまるのか。あまりにはまるので自己分析してみた。セリ役のソン・イェジンのキュートさ、ジョンヒョク役のヒョンビンの格好よさはもちろんあるが、やはりストーリーによるところが大きい。それも、「どうなるの？」というドキドキより、「きっとこうなる！　ほらやっぱり！」というヤッタ！（思わずガッツポーズ）感のほうが強い。

たとえば、ジョンヒョクの立場を案じて、彼が自分を見放すべく、心にもないことを言うセリ。ショックを受けて立ち去るジョンヒョク。これは、追いかけるよね、追いかけるよね、と思っているとちゃんと追いかける。そしてハッシといだき合う。そういうところが主筋、サイドストーリーともに多くて、いちいちやられる。

これはどうしたことなのか。選考委員を務めている文学賞の選評で、私はいつも「既視感がある」とか「みんなが知っていることをどれだけ上手に書いたところでつまらない」とか怒っているのに。「愛の不時着」にはまるのは、自分の文学観への裏切りではないのか。いいや。これは「物語爆弾」のしわざだ。私は、自分にそう説明した。

物語爆弾。それは誰の中にももれなく仕込まれている。といって、生まれつきのものではない。生まれてから今までに見聞きした童話、漫画、小説、ドラマ、映画、「ちょっといい話」として紹介される逸話。それらに感心し、感動したとき、その人の中に爆弾がひとつ生まれる。

その後、同じようなパターンの物語、同じような展開に出会うと、その爆弾が爆発する。これはつまり、無意識に感動する準備をしているところに、感動がちゃんと起爆する、ということなのだと思う。だからその衝撃と爆風が心地いいのだ。

もちろん、小説を書く人はこの爆弾にじゅうぶんに注意しなければならない。プロットを考えているとき、こうしてこうきてこうなって……とスルスル思いつくときは、爆弾の存在を疑ったほうがいい。ラストはこれで……うん、いいねいいね！　なんて思うときは、たいていは爆弾が爆発しているのだ。

このようなとき、私はそのプロットを全部捨ててしまうことにしている。私が小説を書くのは、書くことによって見知らぬ場所へ行くため、見たことがない景色を見るためだからだ。それに何より、物語爆弾に導かれたプロットは、設定や小道具をいくら工夫しても書いていて退屈してきてしまう。

受け取る側である場合、小説や映画やドラマならば、物語爆弾がぼんぼん炸裂《さくれつ》しても実害はなさそうだが、警戒すべきは、新聞の投書欄に投稿されたりネットで拡散されたりする「美談」かもしれない。私はこの種の話に対しては極力疑《うたぐ》り深くなることにしている。

語り手ではない、べつの視点からその物語を読んでみる。語られていないこと、省かれていることを想像する。「そもそもこれって本当にいい話なの?」と考える。なぜなら現実の中で爆風に身を任せるのは、一種の思考停止だと思うからだ。みんなと同じ感情を抱ける安心感は、みんなと違うことを忌避する心にやすやすとシフトする。自由な心を型にはめ、想像力を閉じ込めてしまう。

——などと考えながら、それにしても、書く場合は退屈なのに、観る場合はどうして退屈しないのかなあ、と不思議に思っている。あと数行でこのエッセイも終わる、そうしたら「愛の不時着」が観られる、と気持ちを逸《はや》らせている。

いのうえ・あれの(作家)「日本経済新聞」七月十二日

社長ですか？

長嶋　有

社長とご飯を食べた。

東京の都心の一等地に自社ビルを持つ、大会社の社長である。ある仕事を引き受けたのだが、仕事の前に一度ぜひ社長と会食をしてほしい、ということだった。あぁ、はい。僕は承諾した。

迎えにきたハイヤーに乗り、指示された、自社ビルのすぐ近くの料亭で降り、座敷に通されると、おじさんが三人いた。一人は仕事の依頼をしてきた常務（みたいな肩書きの人）。もう一人は初対面で、僕に名刺を差し出した。

「ああ、どうも」受け取った名刺には、専務（みたいな役職名）が記されている。残りの一人も初対面で、品のいい落ち着いた声音で「今日はようこそお越しくださいました」

とだけ。

「いや、どうも」と僕はかしこまり、四人で着席した。おしぼりを使いながら、名刺を出さなかった右隣の男が「社長」ってことでいいんだよな、と思った。

「社長が会いたいから」と設けられた席で、社長ですと名乗る人がいなかった場合、社長以外の役職を名乗った人を省いた残りが社長。そう解するのが道理だろう。

「いやはや、コロナウイルスで大変ですね」「まったくですね」世事について会話する。料理が運ばれてくるとだんだん座が和み、冗談口も増え、男四人で笑い合うようになった。

「あれが映画化したときなんかは」「あれはまあ、大変で」「いやはやハッハ」ねえ、社長なんかもそうじゃないですか？　笑いついでに右隣の人に話を向けようとして、立ち止まる（気持ちが）。

本当に社長だろうか、と。

最初に挨拶した際に、聞く機会を逸してしまった。

いいいいいいいい、違うと思う。そもそも「聞く」機会なんて最初からなかった。もし聞くとしたら「（あなたが）社長ですか？」という日本語になる。そんなの言えるわけない。専務的な人から名刺をもらった際に「ってことは、アノー……」上目遣いでモジモジ促せば「いかにも（私が社長です）」と返事はあったかもしれないが。

社長という呼称は用いずに、だが社長とみなして会話を続けるほかあるまい。不意に襖が開き、右隣の男が即座に居住まいを正し「お待ちしておりました」と席を立って真の社長を着座させるかもしれない（てことは、彼は座布団を温めていたのか）。

だが、その男も役職を名乗らなかったら！

そもそも、こちらが聞けないのと同じくらい、社長こそ、言えないんじゃないか。自ら「社長です」などとは。

会話を続けるほかあるまい、なんて悲愴な感じに書いたが、それは全然、超スムーズだった。料理は美味で、皆上機嫌で、会話も盛り上がり、帰りもハイヤーを出してもらった。

本当に社長かなあという思いだけ、自宅前で降りてなお残る。

ながしま・ゆう（作家・俳人）「暮しの手帖」6月号

探検のできない夏

岡村　隆

宣言、というほどのことではないのだけれど、やはり周囲には知らせておかねばならないことが出来《しゅったい》した。世界を覆ったコロナ禍の影響で、今夏に予定していた探検を中止したのだ。

もう五十年来、スリランカの密林で未知の遺跡を探し続けて、いくらかの成果を上げ、昨年は植村直己冒険賞という探検家にとっては名誉な賞もいただいたからか、ことしは探査隊の隊員になって一緒に行きたいという人が集まっていた。その隊員候補者のために説明会や勉強会を始める一方、一緒に合同隊で動く予定のスリランカ政府考古局と交渉しようとしていた矢先だったので、コロナ禍はまさに出鼻をくじかれる厄難だった。

スリランカには入国もできなくなり、仮に事態が落ち着いたとしても、それからでは準備も何も間に合わなくなる。密林では乾季の夏しか行動できないし、休暇で隊に加わるはずだった社会人も学生も、今夏は仕事や授業に忙殺されることだろう。探査隊の組織化も危ぶまれる事態になったのだ。そこで今夏の計画は潔く断念し、来年を期そうと呼びかけたのだが、幸いなことに隊員予定者も支援者たちも、賛同の意を示してくれた。残念だが安堵した、というのが正直なところでもあった。

しかし、いざ計画が延期になり、こうして時間ができてしまうと、考えるのはやはり、現下のコロナ禍の状況と、スリランカの現地のことだ。ことに、このコロナ禍が「文明の転換点」になるだろうと言われたり、人影が消えた街の映像などを見せられたりすると、いやでも密林に埋もれている遺跡の姿が目に浮かんでくる。密林をさまよいながら出会う遺跡が、滅び去った文明の残骸だからだろうか。

「古代シンハラ文明」と呼ばれる文明がスリランカの北東部に興り、アジア史上に光彩を放ち始めたのは、紀元前三世紀ごろのこととされている。この文明は、仏教を精神的な基盤に、貯水池利用の灌漑《かんがい》農業を経済的な基盤にして長く栄えた。あらゆる川にはダム湖が造られ、平野には縦横に水路が走って、水田が広がっていた。都には壮麗な寺院がそびえ、村々にも白亜の仏塔が建ち、僧たちはアジア各地に仏教を伝える主役となった。

五世紀ごろにはインドをしのぐ仏教の中心地となり、晋の国から求法僧《ぐほうそう》の法顕《ほっけん》が訪ねてもいる。

あまり知られていないのは、今でこそ小乗仏教のこの国に、かつては大乗仏教も栄えた事実と、現在の日本仏教の源流もまた、ここにあったということだろう。密教が盛んであった八世紀、スリランカから不空《ふくう》が伝えた密教が、唐の地で恵果《けいか》らを経て空海、最澄に伝わり、真言宗と天台宗となり、天台宗から鎌倉仏教各派が生じた。それらを知れば、古代シンハラ文明がどれほどのものであったかも想像できるだろう。

ところが、その栄華を誇った文明が、十三世紀には突如滅んでしまうのだ。原因は、まだ定説はないものの、過剰開発と疫病だろうとされている。乾燥地帯であるために、雨季に降った雨水を貯水池に溜め、稲作に使っていたが、その貯水池を必要以上に造ってしまった。降水量がそれらの「容器」に間に合わなくなり、結果、水不足で稲作ができなくなって土地が年々荒れていく。そこへ疫病のマラリアが大流行して人々に襲い掛かった。人々は土地を捨て、島の南西部へと逃げ延びた。無人となった文明の地は、ジャングルに飲み込まれ、街も村も田畑も寺院も、その中に埋もれてしまった――。

私たちが探検で探しているのは、そうして滅びた文明の痕跡なのだ。島の南西部に移住したシンハラ人はその後も生き延び、十八世紀の英国統治時代以降は再びこの地方にも戻り始めたが、ジャングルはまだまだ広く、かつての文明の地を回復するには至っていない。それどころか、自分たちの歴史を知る手がかりの在処《ありか》さえ分からないため、無数に残る遺跡の一つ一つを探し出す手伝いを、五十年前から私たちが始めたというわけだ。

密林をさまよい、発見した寺院や仏塔、水利遺跡を調査するとき、一緒に動くシンハラ人のスタッフが何を思っているかは分からない。これまではそんなことを想像したこともなかったが、日本でのコロナ禍を経験して行く来年からは、少し違ってくるだろう。過剰開発も疫病も、もう他人事ではなく、文明が形を変えたり滅びたりするイメージも、身近なものとなってきたからだ。

人々が土地を棄てて逃げ延びていく姿は、つい先年の原発禍の福島をも連想させたし、人影が消えた町や村の様子は、緊急事態宣言下の日本とも重なって見えた。これからもこうしたことは起こるに違いない……。現地で出会うシンハラ人の祖先の姿が、今の日本人と変わらないものに思えてきたのだ。

コロナによってスリランカがさらに近づき、ことし探検ができない代わりに考える時間ができて、何か大事なものをつかんだ気もする。

おかむら・たかし（探検家）「こころ」vol.55

長靴と青春の旅立ち

小暮夕紀子

山間の村にある自宅から岡山市内の高校までは、片道二時間かかった。当時、市内の普通科四校は総合選抜制になっていて、当初の志望校ではなく、たまたまいちばん遠い高校に決まったためだ。家を六時すぎに出る。最寄り駅まで自転車で行き、電車に乗って南下し岡山駅まで。そこからまた自転車でぶっ飛ばす。学校に着くころにはもう十分くたびれていて、朝から睡魔に襲われるくらいだった。

若いのだから大丈夫と言いたいところだが、当時のわたしは虚弱だった。しょっちゅう高熱を出し、難病の可能性もあると言われて、入学式直前まで入院していた。そのため入学前の課題はこなせず、制服の採寸にも行けなかった。入学後は、わたしひとりがしばらくは中学の制服のままで、クラスに顔なじみもゼロ、勉強はしょっぱなから落ちこぼれという、田舎女子の哀《かな》しいスタートだった。

母は特にわたしの健康面を案じた。母自身が、冷えが原因と思われる子宮の病気をしていて、「冷えは女の敵」「恰好《かっこう》よりも中身の健康」と口を酸っぱくして言い、冬場になると毛糸のパンツを勧めた。市販のは薄手すぎるから手編みしたというそれは、保温のためにあえてもこもこに編まれた、超厚手だった。そのボリュームだけでスカートのひだが弾けそうで、いやだなあと思ったが、学校に着いたらすぐに脱ぐことにしてしぶしぶ従った。シャツの二枚重ねはもちろんのこと、制服の上にセーターとジャンパーも重ねた。タイツとスキー用のズボンも穿《は》き、毛糸の帽子をかぶり、さながらエスキモーファッションにされて送り出される。

わたしはその後何十年も生きているけれど、こんなスタイルで通学している女子高生はいまだ見かけない。

雪が積もった朝のことはさらに忘れられない。ひざ下くらいまでは優にあったから、さすがに今日は岡山市内でも積もっているだろうと、母がお弁当を手渡しながら言う。

「今日は長靴で行きなさい。わたしの。まだあまり履いていないから、まっさらみたいなもんよ」

長靴。母が桃畑の下草を刈るときに履く、いわゆるあの長靴だ。

「じゃあ、せめてこっち」

わたしはショートブーツを指さした。

「そんなんじゃ、役に立たんよ」

そう、ほんとうはわたしもわかっている、最初の一歩でもうべしゃべしゃだろう。

——長靴に決める。こんな雪だもの、クラスに何人かはいるだろうとも思った。

いつもより早くに家を出て、駅まで歩く。ずさっずさっと母の紺色の長靴が雪の中を果敢に進む。やはり今日はこれが正解だ。

無事に電車に乗った。ひとまずはほっとして、車窓に目を向ける。目の奥が痛いほど白一色だ。田も畑も家も道も、今日は世の中すべてがぼってり雪をかぶった特別な日なのだ。

車内は暖房が利いていて、ジャンパーを脱いでも、からだがほかほかした。頭もぼんやりしてきて、わたしはついうとうとした。なにしろ今日は特に早起きだったのだ。電車がトンネルを抜ける気配や、駅ごとに停まる音がなんとなく聞こえ、そのたびに薄目を開けて積雪を確かめる。あ、少し減ったかな、でもまだまだ……そう思いながらすぐに眠りに落ちる。……あと駅は四つ……三つ……雪はさらに減っている。二十センチ？　十センチ？　もう減らないで……。

次に目覚めたのは終点岡山駅だった。ぱちっと起きてまわりを見た。雪は？

改札を出て、自転車預かり所まで歩く間、わたしはうなだれていた。雪はないばかりか、アスファルトは濡れてもいないのだ。

自転車をこぐ。長靴は、サイズが合っていないせいか、踏み込むとき、ばふっばふっとカバがおならをしたような音がする。そして、そんなときに限って、クラスメイトに出くわす。

「おはよー」

彼女は、ふだんどおりの軽やかなスニーカーだった。ああ、これぞ青春のシンボルではないか。わたしは、ひとり、まるで別次元にいる我が身を思った。

「あのな、雪が積もっとってな……」

「えっ、ほんとに？　そんなに北なん？」

いや、それほどでもないんよ、たった二時間ぶん北なだけなんよ——たった二時間、されど二時間ぶんの寂しさを自分で笑う。

長靴は学校の下駄箱《げたばこ》には入らなかった。折り曲げても無理だった。目立たない一生徒でいたかったのに、その日ただ一足の長靴は、下駄箱の天板の上にそびえ立っていた。母が、まだ新しいと言っていたとおり、なかなかの光沢を誇るように。

クラスで話していると、微妙に通じない方言があったり、生活習慣の違いを感じたりもした。なにかしゃべれば、「ゆきちゃんって、何時代の人?」と想定外にウケた。わたしはもはや、場所も時代も異なるところからやって来た、もしかして人間かどうかも怪しい珍獣だった。

トンネルを抜け、橋をわたり、地下道をくぐる通学の毎日は、十分な身支度とともに、覚悟と緊張を持って臨む、時空を超える旅だった。しかし最近になって、旅の空の孤独感こそが、今の自分らしさをつくってくれたのだと感じるようになった。冷えに気をつける習慣とともに、旅の醍醐《だいごみ》味はしっかり味わえたようだ。

こぐれ・ゆきこ(小説家)「小説トリッパー」夏号

意外なチェックポイント

穂村　弘

テレビを点けたら女子のマラソンをやっていた。なんとなく、ぼーっと眺めていたら、解説者の言葉が耳に入った。

「〇〇選手は歌が上手なんです。カラオケの十八番は××で……」

え？　と思わず画面を見直してしまった。苦しそうな表情が映っている。この人がカラオケで「××」を、と微妙な気持ちになった。当たり前だけど、今の様子からはその曲を熱唱している姿はまったく想像できない。

もしもこれが短距離走とかフィギュアスケートとかバスケットボールだったら、その解説者の発言は競技中のコメントとしてまずあり得ないものだと思う。でも、マラソンは特別だ。二時間以上という長丁場で、かつレースの展開によっては変化が少ない時間帯が続く。だからこそ用意されたネタなのだろう。それにしても、「カラオケの十八番」というチェックポイントは意外だった。

先日、やはりテレビで古いSF映画を見ていた時のこと。途中から隣に来た妻が云った。

「この人が主役？　それとも丸坊主なのにちょっと分け目がある人の方かなあ」

え、そこ？　と思う。確かに二人がライバル関係みたいな位置づけだったから、どちらが主役か迷うのはわかる。ただ、その片方が「丸坊主なのにちょっと分け目がある人」という認識はなかった。本人も自分がそういう人だとは気づいてないだろう。でも、妻にとっては迷いなくそうらしい。

映画のラスト近くで、「丸坊主なのにちょっと分け目がある人」は、死んでしまった。地球の運命とそれまでずっと喧嘩ばかりしていたライバルの命を守るために。残された一人は悲しみを堪《こら》えながら「彼のために最高の栄誉を与えていただけるようにお願いします」と司令官に頼んでいた。
長年一緒にいても、妻のチェックポイントの不思議さにはなかなか慣れることができない。例えば、『刑事コロンボ』の中で主人公のコロンボ警部が好物のチリコンカンを食べているのを見た時の感想はこうだった。

「チリコンカンっておじさんみたいな匂いだよね」

確かに独特の香辛料を感じる。だが、あれが「おじさんみたいな匂い」とは知らなかった。でも、と思う。このまま時間が経《た》ったら、マラソンの○○選手について私が知っているのは「カラオケの十八番が××」ってことだけ、古いSF映画について憶えているのは「丸坊主なのにちょっと分け目がある人」が出ていたってことだけになるんじゃないか。そして、『刑事コロンボ』のチリコンカンを見るたびに「おじさんみたいな匂い」と感じてしまう。スポーツや映画やドラマの主題はそこではない。もっと大事なことがあったはず、と思いつつ、それが何だったか思い出せない。言霊《ことだま》の魔力だ。
人生の最期の瞬間に、涙ぐむ人々の前で、最高にしょうもないことを呟く自分を想像する。「え、そこ?」と全員に思われながら昇天。ちょっと憧れる。

ほむら・ひろし(歌人)「ちくま」12月号

哀しい自慢とアルファロメオ

宮沢章夫

二ヵ月ごとに病院の定期検診を受ける。

私より年長で音楽の仕事をしているある知人と会えば、もう何度もしたはずの病気の話がはじまる。そこになにか哀しみが漂っている。前提となるのは、知人と私が、症状は異なるとはいえ心臓の手術を受けており、話をするとほとんど同じ薬を飲んでいることだ。

「アミオダロンは飲んでいますか」と知人は言う。それに応えて、「当然です。飲んでますよ。あれは、脈拍の乱れを整えてくれる薬ですから、たとえば不整脈を抑えてくれるんですよね」と私は言う。「じゃあ、バイアスピリンは?」「もちろん飲みます。血流をよくするんですよね。ただ、簡単な傷でもけっこう血が止まらないときがあって、なにせバイアスピリン、血をさらさらにしてくれますから」

「そうそう」と知人が嬉しそうな顔をする。

いや、喜んでいる場合ではないのだ。切ない話だ。大量の薬を処方されそれを飲み続ける人生が哀しいのだ。

だが、話しているうちにどれだけ自分のほうが薬を数多く飲んでいるか自慢したくなるのもおかしな話で、「六錠ですか。そうですか。私は七錠ですね」と知人は勝ち誇ったように言った。負けたな。うーん、これ以上、なにか飲むべき薬はあるのだろうか。医師に相談してもう一種類ぐらい多くしてもらおうとすら私は考えた。知人と私では疾患の種類がちがう。知人は心臓そのものを手術したと聞いた。私は心臓から三本出ている冠動脈がすべて塞がっていた。自分で細い血管を作ってそれを通じ心臓から死なない程度に血液を循環させていた。どっちが深刻な病かわからないものの、薬の数では知人のほうが上だ。

幸い、二人とも手術で一命を取り留めた。

当然、自分のケースしかわからないが、そのときの心臓外科医が素晴らしかった。見事な手術だったし、その後のケアも手厚かった。さらに早期に「心不全」だと発見してくれた医師にも感謝している。私はもともと喘息の発作があるので呼吸が苦しくて呼吸器内科を受けた。車椅子に乗せられ気管支拡張剤の点滴を受ける部屋に行く途中、呼吸器内科の医師が走ってきたのだ。「足を見せて、足を」と唐突なことを言う。それでパジャマ代わりのスエットを上げると、自分でもようやく気がついたがひどくむくんでいる。医師は言った。

「心不全だ、心不全!」

急遽、事態は深刻な方向になっていた。すぐにレントゲンを撮った。右の肺に水がたまっているのがわかった。あとで教えてもらったが、血管が詰まっているせいで正常な循環ができず、肺に水がたまったという。もう何年も前から右の背中が痛かった。ただの肩こりだと考えていたがそうではない。心不全である。あの呼吸器内科の医師に感謝するしかない。呼吸の苦しさと心不全という予想もしていなかった状況で私は意識が朦朧としていた。入院病棟に移され、そこで点滴を打ちながら、どこをどうしたのかわからないが、肺から水を抜いた。1リットル近く水が出た。だが頭はぼんやりしていた。またべつの医師からいくつか質問された。「動物は飼っていますか?」という問いにいま飼っている猫の話をすればいいものを、なぜか自慢げに私はきっぱり言った。

「小学生のときに鳩を飼っていました。十五羽いましたね」

いや、小学生のときの話などどうでもいいのだ。さらに医師は、「お風呂に入っていますか?」というあたりまえの生活習慣について質問をした。再び私は、大きな声で応えた。

「入ってません」

そんなに堂々と言うことではないし、自信を持って口にすることではないじゃないか。だが、意識が朦朧としているとなにを口にするかわからない。私は言いたかったのだ。風呂に入っていないことを。だいたい、風呂ってやつは段取りが面倒だ。まず風呂に湯を張らなければならない。さらに裸にならなければいけない。出たときのため足ふきマットを用意し、身体を拭くタオルも用意する。さらに湯船につかって「ああ、日本はいい国だなあ」とかなんとか声を出さなければならない。風呂を上がったはいいが、さらに髪を乾かさないとならないという、理不尽な作業が待っている。

風呂なんか入ってたまるか。

シャワーだけでいい。ただし、シャワーにも髪を乾かす、あの理不尽な作業がある。いやそんなことはどうでもいいのだ。ともあれ堂々と口にすべきことではなかった。なにしろ「入ってません」だ。なんというか、ばかに見えたのではないかとあとになって後悔した。

それから一ヵ月ほど手術までの準備で入院していた。しかし心臓の手術とはどのようにするのだろう。からだの上から触ってみると心臓は奥のほうにある。まずあばら骨があるじゃないか。研修医の先生にそのことを尋ねた。どうやって手術するんですか？

まだ若い研修医は言った。

「お楽しみに」

楽しみにできるものか。

入院は退屈だ。外に出られるテラスのような場所があってそこから道を挟んで向こうに公園が見える。そのときだ。道に、ものすごくかっこいい車が停まっていたのだ。入院を機に以前まで乗っていた車を廃車にした。新しい車にしようと考えていたところに運命的な車との出会いがあった。そのデザインに私は惹かれた。後ろしか見ていないのにもう虜になった。それがアルファロメオだと知ったのはそれから少しあとのことだ。手術を前にして意識が朦朧としていた。判断力がなくなっていた。あれに乗りたい。アルファロメオは高価だった。乗るようになってから後悔した。

いや、いまは車の話ではない。

あと一錠、なにか薬を増やしてもらいたかった。

みやざわ・あきお（劇作家）「群像」4月号

おまじないスカート

おーなり由子

「サーキュラースカートっていうんやで」

地味なグレンチェックの布をさわりながら、母が言った時、わたしは、なんて素敵なスカートの名前だろうと思った。

「サーキュラースカートってな、型紙がまあるく円になってるねん。フレアが大きくて贅沢なスカートやねんで」

得意そうに、これにしよう、と母は言った。説明しながら母も縫うのが楽しみになっているみたいだった。

10歳の時、洋裁が得意な母が、クラスで仲良しのみゆきちゃんとおそろいのスカートを縫ってくれた。みゆきちゃんとわたしはチビ同士で、背の順で前から一番目と二番目。

どちらかがちょっと背が伸びたら一番と二番が入れ代わったりして、いつも並んでいたので仲良しになった。一緒に水泳教室に通って、しょっちゅうふたりで遊んでいた頃、母が「おそろいで縫おか」とスカートを仕立ててくれた。母は型紙を引くのが好きで、背丈の似たみゆきちゃんとわたしのなら同じ型紙で作れる、と思いついたのだろう。

サーキュラースカート！　おまじないの言葉みたい。どこから手に入れたものだったのか、たっぷりの生地は細かなグレンチェックで、地味目のこげ茶が大人っぽく、楽しみだった。もしかしたら紳士物の生地だったのかもしれない。裁断した布を並べると、4枚はぎの丸い円。わあ、と胸が躍った。母はカタカタ、ダダーッとミシンの音をさせて、二週間ほどで二人分、縫い上げてくれた。

出来上がったスカートは太めの肩紐つき、肩がずれないように胸に一本、肩紐と同じ布が渡っているデザイン。丈が少し長めなのが、お姉さんっぽい。待ちわびていたわたしは、すぐに着てみた。

くるっとまわった。

「ほんまに、まんまるや！」

ふわーっとお花みたいに大きく広がる裾。風が中に入ってくる。わたしは何回もまわった。地味な色のスカートなのに、心の中はバレリーナのような、お姫さまのような気持ち。一瞬で素敵な女の子になった気がした。足もとが宙に浮かぶような、あの時の嬉しさは忘れられない。サーキュラースカートっていうねんで、と得意げにみゆきちゃんに伝えると、みゆきちゃんもぴょんと跳ねた。くるくるとまわりながら一緒にいっぱい笑った。学校に行く時も縄跳びを跳んでいる時も、そのスカートを着ると幸せな気持ちになった。あの頃、おまもりのようだったサーキュラースカート。

着る魔法。服は暑さや寒さから身体を守るために着るものだけど、役目の半分は心のため。身体ではなく、心が着ているんだと思う。部屋に花を飾る時、花でお腹はふくれないけれど、景色が鮮やかになると、生きているのが嬉しくなる。悲しかったり重苦しい気持ちの時、わたしはきれいな色のブラウスやセーターを着たくなる。今でもたっぷりとしたスカートを着るたび、あの時の幸福がふくらんでくる。

おーなり・ゆうこ（絵本作家・漫画家）　「暮しの手帖」第9号

感じて動く読書法

広瀬浩二郎

「おーい、広瀬さん」。視覚障害者が集まる宴会はうるさい。混み合う宴席での移動はたいへんなので、自分の話したい人の近くに行くのが難しい。そこで、遠くにいる人に向かって、大きな声で話しかける。「えっ、何!?」。お酒が入ると、宴席の各所で声を飛び道具として、ボイス・コンタクトの遠隔会話が展開する。「今日もうるさい飲み会になったぞ」。全盲の僕は周囲の騒音に負けず、大きな声で店員を呼び、飲み物のお代わりを注文する。

「声は言葉の乗り物である」といわれる。日常生活において、視覚情報を得ることができない全盲者にとって、声は重要である。声の質、喋《しゃべ》り方で初対面の人の印象は決まる。僕は何度となく一目ぼれならぬ、一耳ぼれを体験してきた。自分に一耳ぼれする人がいないかなと願いつつ、失明後は明るい声で話すことを心掛けている。

一般に、障害者などの少数派が社会に対し、声をあげることは大事である。僕も自分には何ができて、どんな支援が必要なのかをきちんと言葉で伝える大切さを実感してきた。また、僕の研究では各地を訪ね歩き、さまざまな人の声に耳を傾けるフィールドワークを重視している。文字に書き残されない人々の記憶を声から探り当てるのが、僕の研究の醍醐味といえよう。

4月からコロナ禍による在宅勤務が続き、調査は自粛を強いられ、友人との宴会もできなくなった。この我慢の日々の中で、声の意義を再確認したのは大きな成果だった。在宅勤務では自分のペースで時間を使うことができるので、たくさんの本を読んだ。研究に関連する最新の文献、気になりながらなかなか手に取れなかった長編小説など、久しぶりに幅広い読書を満喫した。

僕が本を読む際、音訳図書を利用する。点字の本を触読することもあるが、近年は簡単に入手できる音訳図書に頼るケースが多い。「サピエ」という視覚障害者向けのインターネット図書館があり、そこに登録すれば、いつでも自由に書籍の録音データをダウンロードできる。サピエには、全国の音訳ボランティアが製作した10万タイトル以上の録音図書が所蔵されている。学術的な専門書は少ないが、著者名、キーワードで検索するだけで、多種多様な本に出合えるのはありがたい。

サピエが開発される以前、僕は最寄りの点字図書館に電話し、読みたい本をリクエストしていた。録音図書のカセットテープ、CDは郵送で自宅に届く。僕は、図書を借りる際の電話によるコミュニケーションが好きだった。「明るい声の女性職員が電話対応してくれたら、今日は幸運な一日になるぞ」。でも、ポルノ小説などを内緒で読みたい場合、電話で堂々と貸し出しを頼むのは恥ずかしい。中学生のころ、ジャンケンで負けた同級生に電話させて、男子生徒数名で点字のポルノ雑誌を回し読みしたのは懐かしい思い出である。サピエでは、自分の好きな本を好きなだけ読める。ポルノ小説をはじめ、趣味・娯楽系の蔵書が増えていることに、時代の進歩を感じる。

僕が初めて音訳図書を読んだ（聴いた）のは、小学5年生の時である。視力が低下し、文字が見えなくなった僕は、耳による読書の可能性を知り感動した。音声に集中する読書に慣れるにはある程度の時間が必要だが、音訳者の声は僕の耳から身体へと染み込んでいった。あれから40年。僕は何百人、何千人もの声で読書を続けてきた。声によって生かされ、生きてきたともいえる。

感動とは「感じて動く」と書く。目による読書よりも、耳による読書は感動が大きいのではないかと、僕は考えている。耳から声が体内に入り込むと、いつの間にか僕は本のストーリーの中に没入する。小説では登場人物に同化し、主人公とともに感じて動く。耳による読書とは、著者・読者の心の中の声が、音訳者の声でつながれるボイス・コンタクトということができる。

齋藤孝氏の『声に出して読みたい日本語』シリーズの影響で、朗読・暗誦《あんしょう》の教育的効果は人口に膾炙《かいしゃ》した。齋藤氏に倣って、僕は「声に出して聴きたい」読書法を推奨する。書籍そのものの内容に加え、音訳者の声が身体に記憶される。そんな体感読書、文字に依拠せぬ感動を視覚障害者のみが占有するのは、なんとももったいない。

夏本番、そろそろ友人との宴会も解禁だろうか。冷たい飲み物の注文もいいが、声を大にして音訳図書の存在、ボイス・コンタクトの魅力を社会に発信したい。


ひろせ・こうじろう(文化人類学者・国立民族学博物館准教授)「日本経済新聞」六月二十一日

正しいけど全部間違ってる

町田　康

私は男だがやはり男女差別、これはあってはならないことだと思う。男だからといってそれだけで社会の中で優遇されたり、女である、という理由で不利な条件で働かされたり、家事や育児を強制される、というのは間違っているというか、正しくないというか、やはりそういう事態をどんどん社会からなくしていかなければならないと強く思う。

もちろん一介の労務者に過ぎない私がこんなことを言ったところで、急に世の中が変わるわけではなく、蟷螂《とうろう》の斧《おの》であることはわかっている。しかし。私のように考える男が増えれば、その歩みはきわめてゆっくりではあるが世の中がよい方向に向かっていくのではないだろうか。

そう考えるから、こうした考えを年に三度か四度ぐらい、なるべく述べるようにしている。そもそも私は口下手だし、頭もあまり賢くないので、このようなことを言うのは気後れするというか、恥ずかしいというか、まあ自信がないのだけれども、それでも無理をして言うことにしているのだ。

特に此《こ》の度は声を大にして言いたいことがある。というのは先日、ラジオを聴いていて小耳に挟んだ国の偉い人の発言がとんでもなかったからである。なんとその偉い人は、

「次女、京女、高女がいい」

と発言していた。もちろんその人は男だったのだが、まったくもってなんという女性蔑視の発言だろうか。私は同じ男として恥ずかしくなった。

つまりどういうことかというと、やはり長女だと、なにかとしっかりしており、付き合っていてもいろいろ意見を言ったりしてきて面倒くさい。だからやはり付き合うのだったら、おっとりした次女がよい、と言っているのであり、それ自体が人間を画一的に見る間違った視点だし、また、女はなるべく発言などしないで黙って笑っていればそれでよい、という考えもはっきりいって腐っている。

京女というのは読んで字の如く、京都市出身在住の女性がよい、ということだろうが、京都の女性にもその他の地域の女性にも失礼な発言であることは言うまでもない。

次の高女というのは、高身長の女性、高収入の女性、高卒の女性、という三つの解釈が成り立つが、高卒がよいというのは、女に能力に応じた高等教育を受けさせないという女性差別的な態度・姿勢の現れであり、高収入の女性がよいというのは、女に働かせて自分は昼酒を飲んだり、芸術を鑑賞したりしたい、という怠惰な姿勢の表れであろう。では高身長がよいというのはどういうことかというと、やはり高い棚の上にあるものを取って欲しい、とか、高枝切り鋏《ばさみ》を買うカネが勿体《もったい》ない、といった呆れた動機によるものであろう。

私は書いていて情けなくなった。

こんなバカな考えを持った人が、政治家なのか役人なのか、そんなにじっくりと耳を傾けていた訳ではないので、はっきりしないのだけれども、国の上の方の地位に就いているのである。

まったくもってなんということだろう。私はこれを思い出すと、「男女、男女、男女」と叫びながら迷い込んだダンジョンで途方に暮れているような気持ちになる。

いきなりやってきてそんなことをまくし立てる。殴ろうかな、と思ったが暴力はよくないので、殴らず、「ラジオを聞くだけではなく、新聞も読め」と取りあえず言っておいた。

まちだ・こう（作家）　「南日本新聞」九月二十七日

ジョーこそが文学 心撃ち抜かれた

矢作俊彦

エースのジョーと初めて会ったとき、私は九歳だった。半ズボンを履きランドセルを背負っていた。そこは横浜駅西口のアーケード商店街の外れに建つ日活映画館で、通学路からは遠かったが、その通学路で出会った他校の友人の父親が小屋主をしていた。

彼は目を細め、私を指差《さ》して「ちっちっちっちっ」と舌打ちすると引き鉄を引いた。黒いコルトの45口径ACP弾はその瞬間、的確に私を撃ち抜いた。

その夜のこと、彼は銀幕からはるばる我が家を訪ねてくると勉強部屋の窓を叩《たた》き、ここを開けて夜へ出ろと言った。「書を捨てよ銃を握れ！」

以来、私は彼の背を追い夜を遊び歩いて長く過ごした。

宍戸錠さんとは二十代の後半に知遇を得た。ふたりは姿形はもちろんのこと、人柄や死生観、いやその「職業」も含めて、驚くほどよく似ていた。乱暴に分かりやすくしてしまうなら、宍戸錠さんも（広くそう信じられているような）映画俳優である以前に殺し屋だった。そのふたつ、いや二人を自在に行き来していた。私のためにそうして愉《たの》しませてくれているのではないかと疑うこともあったが、まさかそれでは驕《おご》りが過ぎるというものだ。

何の得にもならないのに、彼らはよく遊んでくれた。フィルムを回して拳銃を射《う》ち、酒を飲んで拳銃を射ち、車を飛ばして拳銃を射った。おかげでこの年になるまで私は遊び暮らした。実に楽しい人生だった。（世間で言う）仕事らしい仕事など一度もしたことはなかった。すべてジョーのおかげだ。

もし私に文学などというものがあるなら、彼こそわたしの文学だった。彼自身が意図して殺し屋を文学にしてしまったのだから、当然と言えば当然だ。

私はエースのジョーの前で六十年、九歳でありつづけた。魔法使いの弟子でありつづけた。稼業を継ぐ気はなかったが、一度ぐらいは早射ちを競い、撃鉄が0・01秒遅れ、彼のACP弾に倒れて死ぬのが夢だった。宍戸錠さんが亡くなられたとき、私はエースのジョーが半分、死んでしまったことを知った。しかも利き腕側の半分が。つまり、もう私の夢が叶《かな》うことはない。
その宍戸錠さんにお別れを告げるのが本稿の目的だった。しかし、それをしようとするたび、見知らぬ大勢の聴衆の前で、九歳の私自身の骸《むくろ》に弔辞を読むような痛みと気恥ずかしさを強く覚える。文末に至ってなお、まともな社会人としてかくあるべき惜別の言葉を記せないのは、きっとそのせいなのだろう。

やはぎ・としひこ（作家）　「朝日新聞」一月三十一日

キノコのスープ

岸本佐知子

秋になった。秋といえばキノコだ。

キノコはうまい。いろんな種類があって味もいろいろなのに、どのキノコも全部おいしいのがすごい。

マイタケ。マイタケはうまい。色は地味だし形もグロいし、知らずに道に落ちていたら大回りして避ける風貌なのに、実力者であるところがえらい。マイタケは手で裂くのが楽しいが、あるとき何かで「手で裂くよりも包丁で切るほうがうま味が出る」と書いてあるのを読み、いらい包丁で切りはじめるものの、途中でこらえきれなくなって包丁を打ち捨て、手で裂くというプロセスを繰り返してしまうところも好きだ。

エノキダケ。エノキダケはうまい。まずあの色と造形だけで優勝だ。石づきの近くのところを「しゃくっ」と切るときの、あのえも言われぬ快感。それをさらに手でこまかく裂くときの喜び。噛むときの、あのたくさんの鈴が同時に鳴るみたいな歯ごたえ。しゃぶしゃぶなどで、エノキはおそらく肉をしのぐ影の主役で、食卓では他の人間がエノキばかり取っていないか監視しあっているようなところがあるのも面白い。

ナメコがうまい。なぜぬめろうと思ったのか。その斬新な思いつきはどこから出てきたのか。もはや天才だ。

秋になると、いろんな種類のキノコを鍋に投入して酸辣《サンラー》味にしたスープを一度は作る。そのたびに買いこんできたキノコを一種類ずつ手に持って天にかざしては、その姿形を鑑賞する。見よ、シイタケの、この完璧な造形。ぼそぼそと毛羽立つ軸、そこから肉厚に広がる傘、傘表面のピリピリとした逆むけ、その裏の細密画のようなひだひだ。まるで一個の建築だ。

しかも、これがすべて同一の菌の無数の集合体だというのだから驚きだ。キノコが生える様子を高速カメラで写したものを見ると、まるで一つの植物のように軸が伸び傘が生まれそれぞれが花のように開いていく。

だが考えているうちにだんだん不安になってくる。つまり菌たちは、誰に命令されるまでもなく、「あ、おれは軸ね」「じゃ、そろそろ傘かな」と自然におのれの役割をわきまえて、その形になっているということだ。この一個のシイタケは何十億という菌たちの、そうした阿吽《あうん》の呼吸の集大成であるわけだ。

無理だ。もし私が菌だったら、その阿吽の呼吸が少しもつかめず、軸の途中なのに傘になろうとしたり、傘の表側でひだひだを作ってしまったりするにちがいない。そしてキノコは不格好になり、周囲の菌たちから激しく舌打ちおよび糾弾をされるのだ。

小学校の運動会の鼓笛隊を思い出す。各クラスから一人、その他大勢の縦笛軍団の先頭に立って指揮棒を振る役目の子が選ばれる。運動会の練習が始まると、その指揮者たちはもうあの独特な指揮棒（持ち手のところが銀の球になっていて、先細りの先端に房飾りがついている）をかまえて、くいっくいっと独特のやり方で上下させながら行進している。鉄琴の係の子も、通常とはちがう縦型の鉄琴を腰のところで支えて、平然と叩きながら行進している。

このときも私はうっすら不安になった。どちらも生まれてから一度もしたことのない、独特の動きだ。なのに、昨日までふつうにしていたクラスメートが、任命されればすんなりとその役割になじみ、次の日からもうその動きをしている。あの人たちは社会生活を送るのに必要な何らかの機能を生まれつき持っている。そしてその機能は私にはない。あえて言語化すれば、それはそのような不安だった。
来世ではキノコの菌にだけは生まれ変わりませんように。そう神に祈りながら、私はキノコの酸っぱ辛いスープをすすった。

きしもと・さちこ（翻訳家）「ちくま」12月号

最後まで「前衛」の歌人

伊藤一彦

戦後の短歌を前衛的な歌人としてリードし続けた岡井隆氏が九十二歳で亡くなった。十七歳で作歌を始め、七十余年間、実に精力的に歌い続けた。作歌のきっかけは父親が歌人だったことである。その父親は三高から九大に進んで、教授で歌人だった久保猪之吉の影響を受けたと生前の岡井氏は語っている。

出発は土屋文明選歌欄の「アララギ」だった。だが、「反写実」の塚本邦雄との出会いが岡井氏を変え、二人は前衛短歌運動の旗手になった。それは戦争直後の「第二芸術」論に対する真摯《しんし》な反論の回答だったと言える。

私が早稲田短歌会にいた当時、皆で最も熱心に読んだのはこの二人の作品だった。「ジュルナール律」という小雑誌の新作を貪《むさぼ》り読んだ。

・ぐさぐさと刺さる視線に立ちながら青年よさわやかに敗れよ

一九六五年四月号の岡井作品「夕狩りの歌」のなかの一首である。私たちは檄《げき》を飛ばされているのだと興奮して語りあった。六〇年安保と七〇年安保の狭間《はざま》に私たちはいたのである。そして、次のような二首にも私は心惹《ひ》かれていた。

・欅《けやき》らは星を摑《つか》みて立ちいたり走れる水を恋いて来にけり
・ここからは夜へなだれてとめどなき尾根の紅葉に映えてわが行く

星空の下の欅、夕陽《ゆうひ》に燃える紅葉。その風景のなかに自身をくきやかに立たせている。結句の「来にけり」「わが行く」には主体的な行動が感じられる。いや、何よりも歌は韻律だという根本を教えられた。これらの作は後に第四歌集『眼底紀行』に収められた。

大学卒業後は故郷の宮崎に帰った私だが、岡井作品を注視して読んでいた。そして、歌壇からは遠い私のところに「岡井さんが失踪した」という知らせが飛びこんできて驚いた。一九七〇年夏のことである。東京の歌人たちは支柱を失ったような衝撃をうけていた。

その岡井氏は失踪して何と私の住む宮崎市に忍んでいた。失踪の理由は岡井氏が小高賢を聞き手として語った『私の戦後短歌史』を読んで下さいと言うしかないが、失踪後の五年間は歌を作らなかったということ、そして歌人として再誕した岡井氏はアナーキーなまでに自由となって韻律の新しい挑戦を始めたということだけを述べておきたい。自らを燃して後に生まれ変わる不死鳥《フェニックス》の歌人岡井隆である。

・ホメロスを読まばや春の潮騒のとどろく窓ゆ光あつめて

再誕後の歌集『鵞卵亭《がらんてい》』の一首である。潮騒は岡井氏が宮崎から福岡に移り住んで聞いた玄界灘の潮騒であるが、地中海のそれでも構わない。美しい韻律の流れに読者は身をまかせればいいのである。

そんな岡井氏に私が初めて会ったのは一九七六年一月の福岡である。福岡に講演に行くので、出てこないかと氏から思いがけない誘いをうけて、私は喜んで出かけた。実はその前の年に合同歌集『男魂歌二集』の解説で岡井氏は拙作を「わたしの好む歌である」

と評してくれていた。その後は幾度もお会いしたが、雪の福岡で初めて対面したときのことは特に深く記憶に残っている。その内容を語る余白はもうなく、歌にも優《まさ》る「人」の言葉と眼差の魅力にとらえられたとだけ記しておきたい。

・死がうしろ姿でそこにゐるむかう向きだつてことうしろ姿だ

岡井氏が編集・発行の「未来」二〇二〇年六月号の作である。最後まで「前衛」の歌人だった。

いとう・かずひこ（歌人・若山牧水記念文学館館長）　「西日本新聞」八月十日

老衰の朝な朝な

瀬戸内寂聴

今年は、暖冬と思い込んでいたら、今朝、嵯峨野は薄い雪に覆われて、目が洗われるようであった。

寂庵は、白、紅の梅の花が咲き満ち、待ちかねていたマンサクの黄金の花も、一昨日一気に開いて、庭に灯をともしたようにあたりを明るくしていた。それらの花々の上に、たちまち雪が、花嫁のベールのように薄く広がり、いっそう風情が深まった。

飾っている座敷の雛《ひな》たちにも、雪の庭を見せてやりたく、座敷の襖《ふすま》も、廊下のガラス戸も開け放ち、雛壇から庭が望めるようにする。

雛に雪を見せるつもりだったが、もしかしたら、雪が、見たこともない美しい雛壇の緋《ひ》毛氈《もうせん》の鮮やかさや、七段の上に並んでいる可憐《かれん》な雛人形に見惚《と》れてしまうかもしれない。

私も、あと3カ月ばかりで、98歳になる。さらに1年たてば白寿ということだ。

この97歳の1年で、めっきり体力は衰え、老衰の厳しさが骨身にこたえてきている。何をしても「これが最後かな」と心の中でつぶやいている。

転ばないように常に気をつけているので、動作がすべて鈍くなった。

それでもまだ、仕事の注文は、あれば断らないので、いつも締め切りに追われているし、徹夜でそれをこなすことも、月に二夜や三夜はある。書いたものも、「まだ呆《ぼ》けてはいない」と、自分では思っているが、いささか自信はない。

親しい編集者は、みんな優しいから、面と向かっては、「書いたものがだめになった」とは言わないだろう。これだけは自分でしっかり認識しないと、大恥をかくはめになりかねない。私の書くものを、最初に買ってくれた編集者たちが、とっくに退職はしているが、時たま、電話やメールをくれる。そんな2、3人が、

「今月の××読みましたよ、文章もはりきっているし、話も面白かった。まだ、まだ、大丈夫！」などと伝えてきてくれると、涙がでるほどうれしい。

しかし、その彼らが、現役の頃、当時の大作家が先月と同じ随筆を書いてきた話や、女流の大家が自分の名前を間違えて書いた話などをしたのを思い出し、ぞっと背中が冷

えてくる。

98歳で亡くなった女流の大家は、晩年の2年ほどは、いつ行ってもベッドで昼間も寝ていた、などと聞くと、現在、昼間も、夕方も、横になっていたい97歳の自分をかえりみてぞっとする。

私は51歳で出家しているおかげか、死ぬことは全く怖くない。

しかし、さる宗派の有名な大僧正の、晩年のしどろもどろの法話を聴いたことがある。呆けるのだけが恐ろしい。

政治家たちの国会の応酬など、テレビで聴いていると、あんなに若いけれど、もう呆けがきているのではないかと、人ごとながら怖くなることがある。


せとうち・じゃくちょう（作家）「京都新聞」二月二十三日

旅の道連れに幸あれ

岩松　了

昼下がり、いつもは昼飯時が終わると早々に〈休憩中〉の札を出す蕎麦《そば》屋がまだ〈営業中〉だったのでのれんをかき分け「いいですか?」と空いてる席を指さした。「どうぞどうぞ」と座るより先にエプロン姿のおばさんが奥の席に水を置いた。古くからある蕎麦屋で店内には4人掛けのテーブルが5席しかなく、私の他には店の中央の席に年配の夫婦が向かい合って食事をしているだけ。旦那さんの方は盛り蕎麦で、奥さんの方は丼ものの蕎麦とカレーライスのセットを食べていた。私の位置からは奥さんの顔がまともに見え、その向こう、顔を上げると店内に設置された小型のテレビが見えた。私は盛り蕎麦を注文して、置かれた水を飲んだり、テレビに目をやったりしていた。

「ちがうよ、もっと、こう!」

イラついた旦那さんの声。奥さんのカレーライスの食べ方のことを言ってるらしい。自分の盛り蕎麦はすでに食べ終わってる。奥さんはスプーンを持ったまま「え、何？全然わかんない」と意に介さぬ風で、それがまた旦那さんのイラだちを募らせるようで、「だから！」と奥さんのカレーライスを器ごと取り上げ、スプーンも取り上げて「こうやって、こっちから！」とカレーとライスのすくい方を自ら実践してみせる。「ホラ、ちゃんと一緒に来るだろ？」すくった分を自分の口に入れ、器ごと奥さんの前に戻しながら旦那さんは言うのだった。

「なんで広がってしまうようにすくうんだよ」

私は旦那さんの世話焼きに内心呆然《ぼうぜん》で、カレーライスの食べ方なんてどうだっていいだろうと、ほぼ奥さんの味方なのだが、あに図らんや奥さんは手を伸ばす旦那さんの袖口が蕎麦つゆにかからないように盛り蕎麦の膳をずらしてあげたりするのだった。

旦那さんは言いたいだけ言ったからか、爪楊枝《つまようじ》使いながら大人《おとな》しくテレビを見始めた。その旦那さんの顔に向かって「何やってんの？」と奥さんは聞いた。自分がテレビを見るためには体を180度回転させなきゃならないのだ。「釣り堀」と旦那さんは答えた。そのとおり、テレビでは釣り堀を楽しむ人たちにインタビューなどしている。生放送らしく、昼下がりの釣り人たちは外の陽気と相まって、この蕎麦屋で蕎麦食べてる我々《われわれ》とほぼ地続きのように感じられる。

私も盛り蕎麦を食べた。

「昔、釣り堀あったよね」と奥さんがカレーライスをすくいながら言った。

「あったな」と旦那さんが言った。このあたりに昔釣り堀があった、ということらしい。とすればこの蕎麦屋と同じく、2人はこの地が長いということになる。

エプロンのおばさんが私のテーブルに木製の器に入った蕎麦湯を置いた。

旦那さんが「そういえば、＊＊＊にも釣り堀があったな」と言った。＊＊＊とは、隣の駅になる。

エプロンのおばさんが「いや、あれは金魚屋」と修正を加えた。旦那さんは、洗い場に引っ込むおばさんを嬉《うれ》しそうに振り返った。「あ、ありゃ、金魚屋か」

「金魚屋よ」と奥さんは、これも嬉しそうに言った。

旦那さんは奥さんの丼に手を伸ばし「うん、金魚屋、金魚屋」と、中の蕎麦をうなずきながらすすった。

何でもなさそうなテレビからの釣り堀の生放送がこの夫婦にはずいぶん意味のあるこ

とのように思えた。だから奥さんの「何やってんの？」が何かを操るセリフであるような気さえしてくるのだった。だって、あんなにうっとうしかった旦那さんがそのあと、可愛《かわい》い奴《やつ》に見えてきたから。2人には釣り堀に関して特別の思い出があるのだと考えるべきだろうか。いや、そうではない、何かしら見えざる所で2人の感情がそうなるように操作されているのだ。操作？　誰によって？　おそらく2人自身によって。だから釣り堀に特別の意味があると考えるのは間違いだ。

2人はよく晴れた外に出て行った。まさか、ガラガラと閉められたドアの音に反応したわけでもないだろうが、私のテーブルの上の蕎麦湯の入った器がゆっくりまるでマジックのようにテーブルの上で滑りはじめた。それが出て行った2人に何か言いたげに思えてたぶん私は笑っていたのだろう、夫婦のいたテーブルを片付けていたエプロンのおばさんが私を見て「器の底が濡《ぬ》れていたんだね」と言った。

いわまつ・りょう（劇作家・演出家）　「西日本新聞」六月八日

天井から

大森静佳

死後の世界って、あると思いますか。深夜、パソコンの画面越しにほの白く光る顔がそう問いかけてくる。そんな二〇二〇年初夏。緊急事態宣言の解除後も、なかなか以前のようには友人や知人と会えない日々が続いている。

六月のある夜、住んでいる場所も世代もまったくばらばらの歌人五名でＺｏｏｍ（オンライン会議のためのツール）を使ったお茶会をした。そんなにお互いのプライベートを深くは知らない顔ぶれということもあって、あっちへ行ったりこっちへ行ったり話題はぐらぐらと手探りで、しかしとても楽しく、あっというまに日付をまたいだ。

死後の世界って、あると思いますか。どんな話の流れだったか、メンバーの一人からの突然の問いに、私はわりとあっさり「ないと思ってる」と答えた。他もみんな「ない」

派だった。問うた一人は、しゅんとした。

あんなに簡単に答えてしまってよかったんだろうか、とパソコンを閉じてからしばらく考えた。誰かにとって、いや誰にとっても大切な問いに、あんなに簡単に。私は「死」について何も知らないというのに。

まだ一度も死んだことのない私たちが、Ｚｏｏｍの画面に胸像のように首を並べている夜。私が、画面のなかの「私」を見ている。

小学二年生の頃、「赤いやねの家」という童謡を毎日のように教室でうたわされていた。子どもが皆でうたう曲としては歌詞が悲しげだったので、よく印象に残っている。

ある午後、いつもどおり帰りの会でその歌をうたっているとき、ふいに自分の眼が天井に移動して、教室の皆の顔を見渡せた。うまく説明できないけれど、なぜか一瞬にして、自分も含め皆がいずれ大人になって、死ぬんだ、ということを、身体じゅうが発光するかのように強烈に理解した。たぶん誰もがどこかの段階で、それを理解するのだと思うのだけれど、私にとってはあれがその瞬間だった。

大人になった自分が、天井の片隅から幼い自分や友だちの顔をなつかしく眺めている感じ。怖くて、泣きそうだった。あの午後から、時間というものが一気に重層的になったし、その感覚が今もまだ続いている。私は私の内側にいたいのに。そう思いながら、Ｚｏｏｍの画面に映る「私」を眺めている。

おおもり・しずか（歌人）「京都新聞」七月二十日

最期まで　語り続けた彼

小池真理子

三十七年前に出会い、恋におち、互いに小説家になることを夢みて共に暮らし始めた。初めから子どもを作らない選択をし、それならば入籍の必要はない、として事実婚を続けた。互いにいくつかの文学賞を受賞し、ひとつ屋根の下に二人の作家がいる、という風変わりな生活を楽しんできた。

世間から「おしどり夫婦」と呼ばれることも多かったが、私も彼もそのような手垢《てあか》のついた括《くく》られ方は好まなかった。私たちはよくしゃべり、正直にふるまい、派手な喧嘩《けんか》もした。そうやって小説を書き続け、気づけば年をとっていた。

婚姻届を出したのは十一年ほど前。銀行や病院などで「藤田さん」と呼ばれることにやっと慣れてきた二〇一八年春、名だたるヘビースモーカーだった彼の肺に3・5センチの腫瘍《しゅよう》が見つかった。

以後、亡くなるまでの一年と十か月。彼は「闘病」ではなく「逃病」と称して、一切の仕事に背を向けた。書くことはもう、苦痛でしかない、と何度か私に明かしてきた。堂々と何もしないでいられるのは病気のおかげだ、とも言った。文学も哲学も思想も、もはや自分にとっては無意味なものになった、とまで言いきった時は、聞いているのがつらかった。彼が求めていたのは、死に向かう際の、自身の心の安寧だけだった。

張りのある声で、闊達《かったつ》によくしゃべる男だった。それは外でも家でも同じだった。世の中で起こることを論じ、自己分析をし、考えていること感じていることを私に向かって語り続けた。常に明るく明晰《めいせき》だったが、芯の部分にはいつも、少年のようなよるべなさ、消えない翳《かげ》りが見え隠れしていた。

恵まれた家庭に生まれ育った一人っ子だったが、実母との関係が悪かった。支配してくるだけの母親からは愛された記憶がなく、存在そのものが恐ろしくて、逃げることだけを考えていた、というのが、死ぬ間際まで、哀《かな》しい原風景として彼の中にあった。

昨年の初秋、恐れていた再発が肺の中に出現した後、打つ手がなくなるほど悪化した状態になるのは早かった。ぎりぎりまで自宅で過ごしたいという彼の願いを聞き入れて、私は覚悟を決めた。

年が明けてからの変化は凄《すさ》まじかった。日毎《ごと》夜毎、衰弱していくのがわかった。みるみるうちに声の張りが失われていった。痩せ細った背中の痛みをモルヒネでごまかしながら、それでも少し状態のいい時があると、彼は私にいろいろなことを問わず語りに話した。いつ死んでもいいんだ、昔からそう思ってきた、死ぬのは怖くない、でも、生命体としての自分は、まだ生きたがっている、もう生きられないところまできてしまったのに不思議だ、と言うのを聞くたびに胸が詰まり、嗚咽《おえつ》がこみあげた。

治療のたびに検査を受け、そのつど結果に怯《おび》えていた。劇薬の副作用にも苦しみ続けた。不安と怯えだけが、彼を支配していた。無情にも死を受け入れざるを得なくなった彼の絶望と苦悩、死にゆくものの祈りの声は、そのまま私に伝わってきた。その残酷な記憶が穏やかな時間の流れの中に溶けていくまでには、果てしなく長い時間を要することだろう。

死者は天空に昇り、無数の星屑《ほしくず》に姿を変えて、遥《はる》か彼方《かなた》の星雲とひとつになっていくものだと私は信じてきた。彼は今、静寂に満ちた宇宙を漂いながら、すべての苦痛から解放され、永遠の安息に身を委ねているのだと思う。

それにしても、さびしい。ただ、ただ、さびしくて、言葉が見つからない。

こいけ・まりこ（作家）「朝日新聞」二月十九日

戦争のために生まれた世代

保阪正康

昭和という時代が日一日と遠くなっていく。歴史の側に追いやられている、と言い換えてもよい。昭和初年代生まれでさえ、もう80代の半ばを超えているのだから、昭和の史実、特に太平洋戦争などは皮膚感覚では語られなくなっている。ましてや大正生まれの人は多くが社会から消えつつあり、昭和全体を語る息づかいもめったに聞けなくなった。

この1月、太平洋戦争時の学徒兵として私に多くの記憶を語ってくれたAさんが老衰で亡くなった。大正11年生まれの97歳だった。戦後は地方公務員として生きたのであったが、心の中にはいつも戦争で逝った仲間たちへの思いがあった。地方自治体の幹部として、戦争の悲劇を忘れてはいけないと碑文を残す運動を進めたりしていた。そのAさんから20年ほど前、「太平洋戦争で亡くなった軍人、兵士は240万人といわれていますよね。でもどの年代が最も多く戦死したかを国は調べてもいないんですよ。2人で調べてみませんか」と持ちかけられたことがある。

それで、私はAさんと戦死者が記載されている私立学校の卒業生名簿などをいくつか集め、統計を取ってみた。その結果、戦死者は大正10、11年生まれの人たちが最も多く、大正9年、8年、そして12年が続いた。

むろんこれは狭い範囲での調査なので、すべて正確とはいえないにしても、Aさん自身は「納得できる」と漏らしていた。大正11年生まれは、戦死者が大幅に増大していく太平洋戦争が始まった昭和16年に徴兵検査を受け、大学生時に学徒出陣が始まった。学徒兵の遺書を集めた「きけ　わだつみのこえ」の執筆者の生年を見ても大正11年生まれが多い。「われわれの世代は戦争のために生まれてきたと言ってもいいですよね」とAさんが寂しげに笑ったのが、私には印象に残っている。

「私は一人の自由主義者として死んでいきます」と、知覧から出撃する前夜に書き残した陸軍航空特攻隊員、上原良司の遺書は、今なお私たちに訴えるべき内容を持っている。「死ぬことやあわれ」といった詩を残した竹内浩三にしても大正11年生まれである。

Aさんの発言だったように思うのだが、「自分たちの世代は幼児期にスペインかぜがはやり、それで亡くなった者も少なくないはずだ」と言ってもいた。とにかく戦争だけでなくいくつかの局面でも不運、不幸な面があった世代ということになるのであろう。

近代日本ではほぼ10年おきに戦争があった。日清戦争、日露戦争、第一次世界大戦、満州事変、そして太平洋戦争という流れの中で、戦死者は当然ながらそのタイミングで青年期を迎えた世代に偏りがちだ。国がその傾向を詳しく調べ、明示しないのは、事実が可視化されることで、国民の間に政治指導者に対する怒りが増幅することを恐れたのかもしれない。

戦後75年の冒頭に、Aさんの死に接して、あらためて寿命が来て尽きることの重さを自覚した。生き証人が世を去りつつある中、戦争で未来を断ち切られた世代の無念や恨みを忘れることなく、継承していけるのか。そのことが私たちに今問われていると思う。


ほさか・まさやす（ノンフィクション作家）　「南日本新聞」二月十六日

マイカー三昧《ざんまい》

平岩弓枝

令和二年、世界中が新型コロナウイルスで危機存亡の秋《とき》、コロナといえば新型肺炎のことしか思い浮かばないが、平時には太陽が月の蔭に隠れる皆既日食の際黒い太陽の周辺に見られる光のことだ。

コロナといえば思い出すのは、私がたしか高校生の頃にあった北海道の礼文島の皆既日食で、東京では部分日食だったのだが、苦労して割れたガラス片を煙で燻して待っていたら確かその日は雨降りでがっかりしたことがある。翌朝の新聞を見たら、見事なコロナの写真がのっていた。それ以来道を歩いていてたまたま部分食を見たことはあるが、まともに観察をしたことはない。

もう一つコロナに関する思い出は昭和四十一年(一九六六)頃。生れて初めて買った〈コロナ〉というトヨタの小型車で、価格は七十万円位だったような気がする。デラックスは高くて買えずスタンダードにした。

喜び勇んで教習所へ通いレッスンを受けたのだが、或る日教習を終えて車を降りようとすると教官に呼びとめられた。

「前から気になっていたのですが、あなたは運転中に何か考えごとをしていらっしゃいませんか」

「さあ……」

言葉の意味を取りかねていると、

「あなたは御自分で車を運転なさるより、運転手をお雇いになった方がよろしいのではないでしょうか。テレビドラマの脚本や小説をお書きになるのは大変だと思いますので」

「……分りました」

素直すぎるとは思ったが、確かにハンドルを握っていても原稿の締切りが気になっていたのは事実だし、運転のセンスが無いこともうすうす気がついていたので、忠告を受け入れることにした。

それ以来、車の運転はすべて亭主の役割となり、私は心おきなく創作に没頭することができたのはやはり良かったのではないかと思う。

それどころかこの車は三年後に新宿の明治通りでトラック二台と乗用車五台が絡む大事故に遭い、そのころ幼稚園に通っていた長女と私、それと同じ幼稚園のお友だちとお母さま、主人を含めて五人全滅の憂き目をみるところだったが、迫りくるトラックに気付いた伊東がとっさにハンドルを左に切ったお蔭で助かった。事故の原因は反対車線で右折しようとしていた大型トラックにもう一台の大型トラックが激しく追突したためで、前の車が撥ね飛ばされてうちのコロナにぶつかり、更に道路脇の細い電信柱をへし折った。

この時ちょうどコロナを買いかえるつもりで下取りに出していたが、その値段が二十数万円、事故の修理代の見積りがそれとほとんど同じだったので、事故を起した会社に下取り価格で引き取ってもらった。

それにしても、私が運転していなくて良かったとしみじみ思った。

(やっぱり車は大きくて、頑丈でなければ駄目だ)ということで、伊東と相談してコロナから一クラス上のクラウンに変えた。もちろん価格も高かったが乗心地も上々で、私の定席である助手席で運転もできないくせに文句ばかり言っていた。それで私は満足だったのだが、ある時自分でもちょっと度が過ぎることを言ったなと思ったとたん、彼が突然急ブレーキを踏んだ。体が前のめりになり思わず息を呑む。それが彼の無言の抵抗と覚ったので、それ以来アドバイスはなるべく短かくさり気なくするようにした。

その甲斐あってかどうかは分らないが、その後さしたる夫婦喧嘩もなく快適なドライブを楽しんでいたのだが、或る夏、箱根に遊びに行った時の帰りだ。

「乙女峠から御殿場回りで行こう、富士山の眺めが素晴しいそうだ」

と提案された。その日は稀にみる好天で、青空を背景にした日本一の秀麗な山の姿を思い浮かべ一も二もなく賛成した。

ところがそれから間もなく、思いもよらぬ出来事のために危うく命を失う破目に陥ることになろうとは二人とも夢にも思わなかった。

仙石原から芦ノ湖スカイラインの料金所を抜けて暫く行くとカーブの多い下り道になる。その日は対向車の数も少く、音楽を聴きながらのんびりと前方に移り変る景色を眺めていたら急に運転席の動きが変ったことに気がついた。ブレーキを踏んだりハンドルを左右に必死で動かそうとしているようにも見える。

「どうしたの」

と聞いても返事もしない。それどころか車のスピードが増し、左の谷の方へと近付いて行くではないか。何故かハンドルもブレーキも効かなくなっているらしいのだ。彼の顔に大量の汗が吹き出していた。

（駄目だ……）私は思わず目をつぶった。顔を両手で覆い、次なる衝撃に備えて体を石のように固くした。息を止めてその時を待ったが、変化は何も起らなかった。恐る恐る目を開けてみると、車は崖の直前で止っており、彼は額の汗を拭いていた。

「ごめん、心配かけて」

「何があったの」

「坂道でエンジンを切ったのがいけなかった」

彼は再びエンジンをかけて走りだしたが、別に何んの異状も感じられなかった。彼もいつもの表情に戻っている。その説明によると、今度買いかえた車はオートマチック車で前のコロナに比べるとギヤの切り換えが楽になったり、ハンドルやブレーキの操作も軽くなるなどの利点も多くなった。走行中にエンジンを切ると逆に危険だということも説明書で知ってはいた。前のコロナはマニュアル車（変速装置が手動の車）であったので、坂道でエンジンを切っても途中でクラッチを踏んでギヤを入れさえすれば自動的にエンジンがかかる。それを利用してガソリンの節約をする癖が身についてしまったらしいのだ。無意識の中《うち》にエンジンを切った結果ハンドルとブレーキが効かないことが分り、慌てた。残された時間はあと僅か数秒だ。そのあいだに何んとか活路を見出さなければ……。彼は最後に思い切ってハンドルを渾身の力をふりしぼって右へ切った。すると車体が少し右方向に首を振ったような気がした。それならばとブレーキをいつもの何倍もの力で踏むと反応し、やがて停止した。

「助かった」

口には出さなかったが、本当にほっとしたという。

「俺のことはともかく、女房を道づれにしなくて本当に良かった」

とも言ったが、これは本当かどうかは分らない。

その後、外車も含めて三台くらい車を代えたが、結局は国産車に戻り、今では四輪駆動のランドクルーザーに乗っている。

三十年くらい前たまたま愛知県豊田市の自動車工場から頼まれて講演に行ったのが、通称ランクルを製造する所だったのだ。

講演が終り、駅までそこの一番えらい方が運転手つきのランクルで送ってくださった。ランクルを見たのは初めてだったが、今まで乗ってきた車にくらべると遥かに大きく頑丈そうであった。車内も広く座席数も多い。車高が小型バス並みに高いので窓からの眺めもいいし乗心地も最高だ。それに安全面から考えても申し分ない。

そんな話を隣りの席のトップの方にお話しすると大変喜ばれて、

「もしお買い求めいただけるようなら、現在予約が半年待ちですが、すぐに納車するよう手配いたしますよ」とのことだった。

「お願いします」

という言葉が口許まで出かかったが、

「一応主人と相談いたしまして……」

ということでその場は終った。実際に運転するのは私ではなく伊東なのだし、車が大きくて嫌だといえばそれまでだ。

ところが案ずるより産むが易しで、帰宅後この話をすると彼の方が私より余程ランクルについての知識が豊富で、購入に関しても積極的であった。多分私と同様、車の安全性についての意識は人一倍強かったからだろう。

ランクルは約束通り一週間くらいで我が家に到着した。心配していた運転も彼は難無く克服した。さすがにグライダーの自家用操縦士免許取得者だけのことはあると感心した。

娘や孫たちが、

「まるで戦車みたい」

と言ってくれたのも嬉しかった。何といっても車は安心安全が第一だ。

前にも書いたが、私は一人っ子で子供の頃はいつも独りぼっちで寂しい思いをしてきた。結婚して子供を授かったおかげで、両親はすでに他界したが娘たち夫婦に孫が四人、皆んなスープの冷めない範囲に住んで互いに助け合って生活している。家族の団欒にもランクルは大きな役割を果してきた。

しかし最近、伊東は本気で免許証の返納を考えているらしい。女房が言うのもおこがましいが、彼は頭も体もまだしっかりしているし、数年前の免許証更新の際に受ける認知症検査のテストでも九十点以上の成績だったというからまだ大丈夫だと思うのだが、万一事故を起して人様《ひとさま》や家族に迷惑をかけたり、自分の経歴に瑕《きず》がつくことを虞《おそ》れて決心したらしい。

私も残念ではあるが、反対しないつもりだ。

それにしても六十年間、私たち家族と生活や喜怒哀楽を共にした車たちは、単なる機械とか乗物というよりはもっと身近かな私たちの体の一部としか思えない。

本当に明日からどうやって生きて行けばいいのだろう、そんな気さえするのだ。

ひらいわ・ゆみえ（小説家・脚本家）「オール讀物」7月号

ラーメンよりキビヤが食いたい

角幡唯介

グリーンランド北部の伝統食にキビヤというものがある。アッパリアスという小さな海鳥を三カ月弱、岩の下に寝かせた発酵食品で、これがまた鼻が曲がるほど臭い。見た目も食べ方もグロテスクである。羽もむしらずに獲った状態のまま鳥を海豹《あざらし》の皮に詰めこんで放置するので、脂で濡れた死骸にしか見えない。手羽を捩《ねじ》り取り、皮をはぎ、歯で腿肉《ももにく》や胸肉を引きちぎって食う。胸骨をむしり取った後は半ば溶けた内臓をすすり、頭骨を齧《かじ》って穴をあけて脳髄も吸いだす。手も口も血まみれとなる。

発酵と腐敗の境界線はかなり曖昧《あいまい》なようで、要するに食べる人の価値観次第というところがあるらしい。人によってキビヤはとても口には運べない「野蛮」な肉に見えるだろうから、そうなるとこれは立派な腐肉ということになる。野鳥の腐肉を生のまま内臓から糞まで全部食べる。それがキビヤだ。

イヌイットの食文化ではアッパリアスだけでなく海豹の肉なども発酵させることがある。発酵させることをイフアンヌというが、生肉食でビタミンを補給してきた歴史があるせいか、わりと何でもイフアンヌにするようである。鴨《かも》の卵までイフアンヌにしてしまうから驚きである。さすがにこれはちょっと硫化水素っぽい臭いがきつくて好きにはなれないのであるが……。

とはいえ他の発酵肉は慣れたら癖になり、味がシンプルなだけに、もうこれがなくては我慢できない、というほど旨くなる。私も今ではすっかり味覚が変質し、近年は毎年キビヤを自製するようになった。

五月中旬になると村の近くにアッパリアスが繁殖のために飛来するので、これを友達と二人で一気に三百羽ぐらいたも網で捕獲する。海豹の皮袋に詰めこんでゆき、ぱんぱんになったら穴を糸で縫ってふさいで、岩を上に積みあげて塚のようにする。その後、私は帰国するが、八月の頭には出来上がるので、友人が掘りだして冷凍庫で保管し、冬に私が村を再訪したときに持ってきてくれる段取りになっている。

真冬に村の近くで犬橇《いぬぞり》の訓練をしている間、このキビヤが私の主食となる。極夜の闇のなか、氷点下三十度の寒さに震えながら犬橇をして、腹をすかせた後に食べるキビヤの旨いことといったらない。グリーンランドでは海豹、海象《せいうち》、ときに白熊の肉を食べることもあるが、でも日本にもどって何が一番食いたくなるかというと、やはりキビヤだ。今も食いたい。涎《よだれ》が出る。今日の昼飯はラーメンだが、本当はキビヤが食べたいのである。

かくはた・ゆうすけ（探検家・ノンフィクション作家）「朝日新聞be」八月一日

むき出し嫌い

酒井順子

飲食店へ行くと、マスクケースというものを渡されることが多い昨今。食事中、外したマスクをこの中に入れておいてくださいね、というわけです。

紙製のものが多いのですが、あるホテルでは二つ折りのクリアファイル状のものが用意されていました。左側には「ｕｓｅｄ」すなわち使用済みのマスクを、右側には「ｎｅｗ」のマスクを入れよ、と書いてあります。

友人からも、京都の和装小物店の製品だという洒落《しゃれ》たマスクケースをプレゼントされたりと、マスクケース長者となりつつある私。便利に使用しながらも、マスクケースという発想はいかにも日本人的であることよ、と思うのでした。

コロナ初期、食事をする時に外したマスクは、自分のカバンの上の方にふわっと置いておけば、事は足りたのです。しかし真面目な人は、「ふわっと」ではいかん、それ相応のケースに収納しなくては不衛生だし見場も悪い、と思ったのでしょう。かくしてマスクケースは普及し、私のカバンの中にも常備されることとなりました。

マスクケースを見ていると、とにかく我々は、「むき出し」という状態が嫌いな国民なのではないか、という思いが湧いてきます。かつては、家の黒電話にカバーをかけている家庭がたくさんあったし、傘には傘ケース、熨斗《のし》袋には袱紗《ふくさ》…と、個々の品それぞれに、専用のケースやカバーを付けずにはいられない。ゴミですら、「外から見えないように」と、新聞紙などでくるんでからゴミ袋に入れるという嗜《たしな》みを持つ人は、少なくありません。アメリカ人などと比べて、日本人がマスク装着を嫌がらないのも、それが「顔カバー」だからなのかも。

私達は、言葉においてもむき出しを嫌います。そのものズバリを口にするのではなく、婉曲《えんきょく》な表現でくるんで伝え、相手にこちらの意思を察してもらう、というのが私達の会話法であり、外国の人からするとわかりにくいことこの上ないのだそう。

それでも昔よりは、日本人の「むき出し嫌い」な性質は、薄くなってきたのだと思います。我々にとって最もむき出しにしてはならないものが贈答品であり、昭和の時代には幾重にも丁寧にラッピングされるのが常でした。が、エコの時代になると過剰包装と言われるようになって、次第に簡易な包装になってきたのですから。

エコ化の流れの中、我々の「むき出し嫌い」にさらなる衝撃を与えているのが、レジ袋有料化です。レジ袋を買わない限りは商品がそのまま渡されることになった今、商品がむき出し、という生々しさに戸惑う人も多いもの。

物でも言葉でも、とにかく「そのまま」は落ち着きが悪い、という我々の習い性は、レジ袋有料化で激変することになるのでしょうか。一方ではマスクで顔を覆い慣れるあまり、顔を晒《さら》すことにちょっとした恥ずかしさを覚える今、何を覆って何を晒すかに戸惑う日々が続きます。

さかい・じゅんこ（エッセイスト）　「京都新聞」十月二十八日・夕刊

生産性のない読書

柏木　博

二〇一七年春にがんが見つかった。ちょうど大学を退職したばかりのときだった。初夏に東大病院に入院して半年。その年の暮れに退院した。気持ちに変化があらわれた。それまではかなり多くの仕事をしていたのだけれど、もうひたすら仕事をするということもせず、1日にひとつのことをやればよいと思うようになった。掃除でも洗濯でもなんでもいい。それができれば、1年に365のことができたことになる。すべてゆっくりやればいい。

大きく変化したのは読書だ。仕事のために読書するのではなく、読みたいものを読む。役に立たない生産性のない読書である。

読書の仕方が気になっていて、ずいぶん以前に雑誌「季刊・本とコンピュータ」で「昭和読書の風景」という図版構成をしたことがある。構成のために昭和にかぎらず、さまざまな読書の風景を写真や絵画で集めた。

書店の店先で立ち読みする子ども。これは情報のハッキングをしているのだ。歩きながら読書する二宮金次郎の像。現在ではスマホを見ながら歩く「二宮読み」をする人のなんと多いことか。1冊の本を2人で読むのは、愛らしい幼い子どもや女性である。男性2人が1冊の本を仲良く読む風景はほとんどない。読書の風景にもジェンダーが見えてくる。

読み聞かせの風景も少なくない。面白いのは聖母マリアがイエスを膝に乗せて読書する様子が描かれた、15世紀のボッティチェリの絵「書物の聖母」だ。イエスはどうやら本のことをマリアに聞いているらしい。

読み聞かせという読書は優しさの表現である。だったらわたしが大好きな猫に、読み聞かせをしてやりたいと思い立ち、昨年、松屋銀座で「猫に読みきかせる本」という小さな1カ月間の展示コーナーを作った。それでそこに説明をそえた。こんな文句だ。

「猫は一日中ほとんど寝ているように見えます。けれど、じつはじっと耳をすまして、家族の話やまわりの音を聞いているのです。そして、猫は賢いので実はすべてわかっているのです。乱暴なクロが通り過ぎたり、すました三毛子がやって来たりしていることも、寝ているようでわかっているのです。

むかし、母さんが毛づくろいをしてくれたことも、妹がそばで泣いていたこともみんなおぼえています。

だから、猫に本を読みきかせると、うれしそうにだまって寝ています。聞きながらふわふわするやさしい母さんのそばで寝ていたことを思い出しているのです。猫が喜ぶ本は、もちろん、人の子やおとなにも楽しい本です」

というわけで、読書もなにごとも生産性を考えず、ゆっくりとやっていけばいいと思っているのだ。


かしわぎ・ひろし（デザイン評論家）「信濃毎日新聞」五月十五日・夕刊

和牛への道

三浦しをん

さて、と思ってから、パソコンのまえで五分ぐらいぼんやりしていたら思い出したことがあるので、今回はそれを書いてみよう。

しかしよく考えてみれば、さて、と思うまえも、特になにをするでもなくぼんやりしていた。いったいなにが「さて」だったんだろう。結局のところ、「さて」の前後で合計一時間ぐらいはぼんやりしていた勘定になり、最近のパソコンはあまりフリーズしなくなったが、代わりに私がフリーズの任を着々と果たしている。

それはともかく思い出したのは、「めずらしく褒められた経験」についてである。

一年ほどまえ、私は武術の達人に凝りを揉みほぐしてもらった。達人は自衛隊だったか警察だったかに武術指南をするほどの猛者で、人体の仕組みや急所を知りつくしている。それゆえ、凝りを揉みほぐすことに関しても達人の域にあり、「なるほど、経絡秘孔（↑『北斗の拳』で得た知識）」と私は思った。

達人が肩や背中や首をぐいぐい揉むはしから凝りがほぐれ、私はあまりの気持ちよさに「ひでぶ」となりそうだった。秘技を思うぞんぶん駆使したのち、達人は重々しく、

「三浦さんは、少しは運動したほうがいいです」

と言った。運動していないことを揉んだだけで見抜けるものなんだなと少々動揺しつつ、

「いやほんとそうしたいんですが、体を動かすのがすごく苦手で、苦痛で苦痛でならなくてですね」

と言い訳する。

「でしょうね」

と達人はうなずいた。「ものすごく足首が硬いから」

「な、なぜそれを⁉」

達人が揉んだのは肩まわりのみで、私の足首にはまったく触れていないのだ。なのにどうして、医者も驚くほど足首が硬いとわかったのだろうか。

「歩きかたを見ればわかります」

「ひええ、洞察力というより、もはやレントゲンなみの透視力！」

前世の因縁により足首が硬いのだから壺を買え、と言われたら、そのときの私は買ってしまっていただろう。だが、達人はそんなインチキくさいことは言わなかった。達人の超能力（？）にひれ伏し、ぶるぶる震える私を慰めようとしたのか、

「でも、肉質はいいです」

と褒めてくれたのである。

え、肉質⁉　それって、和牛とかに対する褒め言葉じゃないの⁉　やや頭が混乱する。

「肉づきではなく、肉質ですか？」

「肉づきもあれですけど（どれだ）、まずもって肉質がいい。みっちり詰まってますね」

と、達人は重厚に所見を述べた。「たとえば二の腕も、これだけ脂肪があれですと（どれだ）、通常はたるみます。しかし三浦さんの場合、年齢のわりにはたるみの程度が軽い。肉質がいい証拠です」

やっぱり褒められてる！（たぶん）

「惜しいですね。この肉質で、脂肪を筋肉に変えられていたら、重量挙げとかレスリン

グとか向いていたと思うのですが」

褒められている……！（たぶん）

「なんと……、そんな強くなれそうな可能性が自身に秘められているとはとんと気づかず、四十年以上も無為に過ごしてしまいました。なにしろ運動が苦手で」

肉質と運動神経が見合っていなかった悲劇と言えよう。「達人よ。こんな私でも、いまからできる運動はあるのでしょうか」

「ラジオ体操がよろしいでしょう」

「ラジオ体操って、夏休みに早起きしてハンコをもらう、あのラジオ体操⁉」

「はい。あれはとてもよく考えられた体操ですし、本気でやれば相当、体を鍛えられます」

達人の助言に従い、私はさっそくラジオ体操の公式ＤＶＤをネットでポチリとし、実践してみた。そして一週間もつづかずギブアップした。

達人よ……。どうして子どものころはひょいひょいできていたのか謎なぐらい、ラジオ体操、まじできついです。もうちょっと初心者向けのアドバイスが欲しいのですが、ラジオ体操よりも気軽にできる運動ってあるでしょうか。……なさそうだな。近所のじいちゃんばあちゃんも元気にラジオ体操をこなしてるもんな。

私の意志と体力がたりないせいで、せっかくのアドバイスを活かせず、あいかわらず微塵も動かぬ日々を送っているのだが、「でも、肉質はいいって達人が言ってくれた」というのが心の支えだ。ポテンシャルを秘めたいい肉質だから、いつかやる気を出せば、重いものも難なく持ちあげられるようになるだろう。もぐもぐ、ごろごろ（↑心の支えに寄りかかり、食っちゃ寝してるもよう）。新型コロナウイルスへの対応策が、「和牛券」にならなくて本当によかった。まちがって全国のおうちに私がばらまかれてしまうところだったぜ。なにせ肉質がいいからな。照れる。

肉質であれなんであれ、「ちょっとでもいいところを見つけて褒める」って、すごく大事なことだなとつくづく実感した経験だった。私は褒められ慣れてないので、たまに褒められるとへどもどしてしまって居心地が悪く、だからきっと他人もそうなんだろうと思って、だれかを褒めようとすると異様にぎこちなくなってしまう、という悪癖があるのだが、達人の「技あり一本」な、いい塩梅の褒めによって気づけた。だれかにとって希望と支えになるのは、当然ながらけなし言葉ではなく褒め言葉なのだ。

ぎこちなくてもいいから、今後はじゃんじゃん自他を褒めていこうっと。

みうら・しをん（作家）「BAILA」8月号

長寿梨

山﨑修平

言葉ではうまく説明できない不可思議なことに、人生で一度や二度くらいは出逢えるのかもしれない。これから書いてゆく話は、中学三年生の夏休みに起きたある出来事についてである。

初めての一人旅が出来ることに中学三年生の私はたいそう喜んでいた。夏休みは部活の練習でほとんど占められていたため、行く機会に恵まれなかったなか、ようやく部活の休みの日を見計らって、東京から愛媛の松山へと旅をすることにし、何度も時刻表とにらめっこをして行程を決めた。松山に決めたのは、愛媛県に母方の曽祖父母が亡くなるまで住んでいたこと、綺麗な海が見たいこと、食べ物が美味しそうだと思ったからだった。抑えきれない喜びにニヤニヤとしながら、衣服、時刻表、手書きの旅程表と、はやる気持ちを荷物の一つずつに募らせながらリュックサックに入れて、いざ家を出ようとすると、母が「お見舞いに行く？」と私に尋ねた。「お見舞い？」私はこれから向かう松山に、誰かが入院していることを知らなかった。

曽祖母の弟という、子供には他人にうまく間柄が説明しづらい「おじいさん」が、どうやら瀬戸内の島の病院に入院していることを私は知った。物心ついてから何回か、東京でおじいさんを交えて家族で食事を共にしたことがあった。瀬戸内海に浮かぶちいさな島に一人で住み画家をしているというおじいさんは、話すときはいつも常に笑顔を絶やさず鷹揚としていて、仙人のようでもあり、絵本に出てくる知恵を授けてくれる魔法使いのようでもあった。

私は、母の言葉に首肯した。

東京駅から新幹線に乗り岡山で乗り換えて、松山に着いた。その日は道後温泉に入って近くのホテルに投宿した。

翌朝ホテルをあとにして、百貨店へ見舞いの品を求めに向かった。入院しているとは言ってもきっと桃ならばするっと喉を通るだろう。私は、するっと喉を通るくらいの病状であるだろうと自分に言い聞かせた。ショーケースの桃に手を伸ばそうとした際に、脇に置かれていた果物が目に入った。長寿梨と書かれたでっぷりと迫力のある、砲丸投げの砲丸のような、これまで見たことのないほど見事な梨だった。私は、「長寿、梨」と独りごちていくつかを手に抱いてレジへ向かった。

船は油を流したような瀬戸内海を滑るように島へ向かった。民宿に荷物を預けたあと、すぐにおじいさんの入院する病院へ向かった。受付でおじいさんの名を告げると、穏やかな表情を崩さぬまま「面会の予約は取っていますか」と、受付の人は私に告げた。予約がいるのか、と私が表情をやや曇らせると、感じ取ったのか、受付の人はなおも穏やかな表情のまま伊予弁の柔らかな口調で私に、どこから来たのかを尋ねた。「東京です」と応えると、「まあ、遠くから」と本当に驚いている表情をして、「お孫さんなのね」と、得心したように、うんうんと、頷いた。曽祖母の弟ということを頭のなかに家系図を出して、告げようとするも、受付の人はずんずんと付いてきてねと言わんばかりに病室に向かって歩いて行ってしまった。

私は病室に通された。個室のベッドに寝間着姿のおじいさんは、部屋に入った私を認めると、誰なのだろうかと言いたげな怪訝そうな表情を浮かべた。受付の人が「お孫さんですよ、東京から」と伝えた。「ええと、孫じゃないです」と私は頭のなかの家系図を説明しながら、いっそ孫でも孫でなくても、おじいさんと穏やかに話せるのなら何者でも構わないと思った。「せっかく持ってきてもらった梨だから剝きましょう」と、受付の人は部屋を静かに後にした。部屋に二人きりになった私は、おじいさんの顔を改めて見た。先ほどとは異なる穏やかな、すこし眠たげな顔は微笑を浮かべ、血色も悪くはなく、どこかを患っているとは俄かには思えなかった。やっとおじいさんに会えたのだと私は、ほっとした。「みなさんお変わりないですか」と、私の唇のあたりをおじいさんは見た。元気であると応えると、「それは良かった」と目を細めた。「早く梨を食べて元気になってください。長寿梨です」と、戻って来た受付の人が剝いた梨を、学芸会で練習した台詞のようにギクシャクとした口調で私は勧めた。

残った梨は冷やして明日食べましょうか。と、受付の人はにこやかに話し、私は病院を後にした。日はすっかり暮れていた。

民宿の和室に置かれた、年季の入ったブラウン管のテレビを点けると、大音量のヤン坊マー坊天気予報が明日の東京地方の晴れを知らせた。

翌朝、刺身がてんこ盛りの朝食を平らげて、松山に戻る船の出航時間を待っていると、民宿のおばちゃんが、狼狽した様子で私宛てに電話と、走って来た。慌てて受話器を取ると、母が「なくなった」と言った。「なくなった?」と訊き返すと「今朝、亡くなった」と母は押し殺すようにはっきりとした口調で告げた。

おじいさんは、今朝亡くなった。

どうして、元気だったのに昨日は。どうして。私は、呆然とした。この報をすぐに受け入れることなんて出来なかった。名状しがたい感情が、胸の内から膨れて張り裂けてしまいそうだった。この後の記憶が定かではない。一体、どんな顔をして私は東京まで帰ったのだろうか。

悲しみというよりは、むしろ達観したように母が私を家に迎え入れた時、気づいた。おじいさんが最期に私に逢えたのは、おじいさんの思いが、きっと見えないなにかの力によって叶ったからかもしれないということに。

やまざき・しゅうへい(詩人)「群像」11月号

呪いの小石

小山田浩子

高校の家庭科の授業で教師が「インスタントのお味噌汁、あんなの偽物ですからね、あれがおいしいっていう人はもう舌がおかしくなってるの」と言った。教室がなに言ってんのこの人という空気に包まれた。私も、そりゃ母の手作りとは違う味だけどあれはあれでおいしいのになと思った。その後の休憩時間、「うちインスタント味噌汁ばっかりじゃけどねえ」と苦笑している生徒がいた。「そんな、汁まで作っとれん」彼女のところは父子家庭で、料理は彼女ときょうだいの担当らしい。「うちの舌、おかしいんかねえ」そんなことないよ、おかしいんはあの先生の頭じゃけ、うちインスタント味噌汁好きじゃし、うちも全然好き、と彼女の友人が口々に言うのが聞こえた。

高校3年間の家庭科について覚えているのはその発言と調理実習で蒸し器にかぶせた

濡《ぬ》れ布巾にガスコンロから引火しボヤを出しかけたことただ2つだ。蒸し器でなにを作っていたのかも、教師の顔も名前も忘れた。

似たようなことはその後もあった。妊娠中の母親学級、仕事を休めず料理する時間がない、インスタントや冷食に頼ってしまう日があるがどの程度なら問題ないかと質問した妊婦に講師（助産師だったか栄養士だったか）は「妊婦さんがインスタントラーメンなんて食べたらだめですよ。羊水がラーメンの汁の味になってお腹の赤ちゃんが苦しむんですよ」嘘こけ、羊水がそのまま飲食したものの味になるなら手作り具沢山《だくさん》味噌汁だって無添加有機トマトジュースだってたんぽぽ茶だって多分胎児に悪いわと私は思ったが質問した人はうつむいていた。

産後に聞いた食育講演会では「外食やお惣菜《そうざい》、レトルトなど濃い味を好む人はどうしても生活習慣病などのリスクが増えます、小さいころからおだしの効いた薄味手作りご飯に慣れさせてあげることは、ママからお子さんへの、未来の健康という最高のプレゼントなんですよ……」私の前の席で、ママ友同士だろう2人が顔を見合わせた。

そして現在、私の子供は明らかに手作りよりインスタント味噌汁のほうを好む。だしをとり旬の野菜、味噌は煮えばな、私の作った味噌汁を拒否した翌日、時間がないからと出したインスタント（ちょっと薄めに作る）ならうまうま食べる。「あんなの偽物ですからね」少し寂しいけど問題は頻度とか濃度なわけで、「舌がおかしくなってるの」離乳食から薄味を心がけ野菜も食べさせようとしてきた、市販品にお世話になることもあるけどそれだって「未来の健康という最高のプレゼント」ときを超え、顔も声も思い出せない教師や講師の言葉にけつまずく。知らない間に呪われている。

母親が毎日食事を作ってくれていた学生時代の私にはただの戯言に聞こえた発言も、学生生活と家事を両立せねばならない子にとっては切実な呪いになりうるし出産を控え不安な人にとってもそうだし子供の偏食に悩む人にとってもそう、それを一番食らってしまう人に効いてしまう、そりゃ薄味の方がいいとは思うけどそれなら絶対健やか長生きとも限らないし本人の好みだってあるし大人になって味覚が変わることも変えようとして変えられることだってあるし、とにかく良かれと思ってでもなんでも人を呪うなと思うし呪わないようにしようと思う。どんな小さい石にでも、引っかかって転べばやっぱり痛い。

おやまだ・ひろこ（小説家）「日本経済新聞」八月十七日・夕刊

男の死

横尾忠則

一九七〇年、三島由紀夫さんが死んだ年の夏の終り頃だったと思う。この頃、僕は動脈血栓とかいう病名で、都内の病院に入院していた。この年の一月に交通事故に遭い、別の病院に二ヵ月入院したあと半年もしないうちに、足が悪化して、再び入院することになった。

その時、三島さんが大きい薔薇の花束を抱えてたったひとりで見舞いに来てくれた。見舞いとは別に、三島さんには用件があった。その用件とは、『男の死』と題する写真集の出版の話であった。『男の死』は細江英公による『新輯版薔薇刑』に次ぐ二冊目の写真集である。

その『男の死』に共演して欲しいという要請だった。二人で見開きページにお互いの死に様を演出した写真を並置するという、ドラマティックな写真集を出版したい。その写真は篠山紀信が撮る、と三島さんの頭の中では写真集の構成がすでに出来上がっていた。「俺はすぐ始める。君もいつまでも入院などしていないで、早く退院して、この写真集に参加して貰いたい。はっきり言って時間がないんだ」

「もしかしたら、自衛隊に入られるんでしょうか」と僕は聞いた(事実、市ヶ谷の自衛隊に入ることになった)。この時は三島さんは怖い顔をしてただ睨むだけで、無言だった。瞬間、僕はまずいことを聞いたのかなとも思った。

最初の『薔薇刑』が撮影されて丁度十年が経っている。三島さんには三島さんの考え方があるらしいが、あまり多くを語ろうとはしない。三島さんのいつも以上に鋭い眼光には、単なる遊びではないぞ、という強い決意のようなものが、伝わってきて、圧迫されるような気分になった。

僕はベッドの上に胡座をかいたまま、見舞い客の簡素な椅子に腰を掛けたまま、僕の病状など全く無視して、むしろ仮病だろう、ぐらいにしか考えていない三島さんと向い合っていた。共演者として、君も撮って貰いたい。そして二人の『男の死』はめいめいの演出で、やりたいことをやろう、というコンセプトであった。僕の場合はできれば浄土的なシチュエーションの中で死を演出したいと、漠然と、三島さんには語らなかったけれど、咄嗟にそんなイメージが頭の中に浮かんだ。どうせ、三島さんは、暴力的な、地獄的な死を演出するに違いないと想像できた。主役が演出を引き受けるというのは歌舞伎の仕来りだ。三島さんはここで紙上歌舞伎をやろうとしているように思えた。

それにしても、三島さんはどうして一人で演らないで、相手役を必要とするのだろうという疑問が湧いたが、このことに関しては何も聞かなかった。また三島流のお遊びが始まり、僕を相手役に選んだことにはさほど、大した理由などないだろうと思ったが、三島さんは僕のことをアプレゲールと言っていたが、もしや、そんな精神がこの作品の中に必要だったのかも知れない。そしてもうひとつ心の中に引っかかることは、近年の三島さんの右傾化していく政治的行動に、三島さんと共演することで、思想的な親和性を共有することになるのではと、いささか一抹の不安と恐れのようなものがあった。

『新輯版薔薇刑』にしても、この『男の死』にしても、三島さんは僕にはよくわからなかった文学的、政治的思想に裏付けられた、何かを意図した芸術的行為に立脚したものであるかも知れないが、僕には、今日聞いたばかりの刹那的なコラボレーションに対して、全く無防備である。『男の死』を通して、僕はとんでもない地平に運命もろともどこかに引っ張られていかれそうで、足がガタガタ震え出しているのがわかった。

この写真集の反響はすでに三島さんの中では想像できているように思えた。天下の三島由紀夫と共演する歓喜に似た興奮は僕の中に存在していたが、それ以上に未知のどこかに連れて行かれることの方が恐ろしく思えた。まあ、その時は三島さんが守ってくれるだろうと小さな安堵が救いといえば救いであった。

三島さんは、この本を出版するに当って出版社と写真家の篠山紀信、そして三島さんと僕の四者で出版契約を結んだ。日本ではこのような仰々しい習慣はないのが普通だが、海外との出版の経験のある三島さんの欧米のシステムに従っているのだろうぐらいは思っていた。

まだ僕の足は完治するどころか、ますます悪化していたが、東洋的な治療を受けるために一旦退院して、自宅療法に切り換えた。

篠山さんから逐一入る情報には三島さんはどんどん撮影を始めているようだった。その撮影の情況は篠山さんから聞くのだが、いわゆる一連の篠山写真とは一線を画しているような写真らしく、彼は決して喜々として撮影しているようには思えなかった。喜々としているのは三島さんひとりであった。三島さんはシチュエーションから、演出、演技、衣裳、美術までひとりで手懸けているようだった。そして、写真が全て撮り上がったようだった。あとで篠山さんに聞いた話だが、三島さんは持参した衣裳や小道具など、持って帰ろうとしないで、その場に放置したままで、篠山さんはそんな三島さんの普段と違う姿を見て不可解に思ったと話した。

そして、三島さんの死の三日前の深夜、三島さんと電話で話した。三島さんとの四年の交流の中で、僕が初めてした電話だった。割りかし長い電話だったが、この時も三島さんは、「いつまでも足が悪いばかりいってないで早く写真を撮ってくれ」と催促した。「そんな足ぐらい俺がいっぺんに治してやるよ」とも言った。

そして本当に三日後、三島さんの自死のショックで長い間歩行困難だった足が三島さんの予言通りに奇蹟的に治ったのである。

三島さんの死の数日後、篠山さんが撮った写真をすでに伸ばして紙焼きにしたものを持って、成城学園のわが家にやってきた。僕はその時、初めて篠山さんの撮った三島さんのサド、マゾの残酷としかいいようのない写真を見た。まるでドキュメント写真のように思えたが、技術的にはまごうことない篠山紀信の写真であるが、不思議なことに、篠山の写真でありながら、そこには個としての篠山が昇化されていて、残酷な破壊された肉体の欠片は何か、フーと遠くに昇天したような写真に思えた。写真の主題とは別の不思議な透明感といってもいいようなものが画面に漂っていた。自我の消えた個人から個になった普遍的なものだった。

「ウワー、凄い写真ばっかりだね」

とこの時は僕はありふれた感想しか述べられなかったが、篠山さんは声を殺して、「これは、すぐ出せないよ」と言ったように思う。このセリフはもう少しあとで吐いた言葉であったかも知れないが、報道写真のトピック写真としてすぐ出せるようなものではないように思えた。色んな思惑が交差して言葉では語れないような気がした。まして、「早く足を治して、お前の写真を撮れ」と言ったつい数日前の電話の声がまだ耳の中に残っているが、とても自分の出番はないと思った。

三島さんの自らの死によって三島さんが思い描いていた頭初の『男の死』は計算が狂ってしまったが、もし、あの時、僕が病気でなければ、三島さんの勢いに負けて、撮っていたかも知れない。だけど二人の内の一人が死んで、生き残った片割の僕が、本当の死者の横に並んで写真に写っていると、もう、それはピエロとしかいいようがない。

それにしても三島さんは何ということをやらかす人なんだろう。「人の迷惑もちょっとくらい考えて死んで下さいよ」と死者に向って僕の口から出た言葉である。妙な芝居を演じて、僕を道づれにしないで貰いたいと思わざるを得なかった。

森田必勝を道連れにするだけではなく、フィクションの世界で僕まで道連れにしようとは、三島さんの芸術行為だかなんだか知らないが、遊びが過ぎませんか。

三島さんの五十周忌を迎えて、『男の死』はアメリカのリッツォーリという出版社と、とんでもない特装本の超豪華版が日本から出る。まだこの『男の死』の写真を見た人は、ほんの限られた人だけである。この写真集が、今日まで語られてきた三島伝説を一変させるか、どうかはわからないが、まあ、「事件」であるかも知れない。

それにしても今日まで出版が延期されたことで、何がどう変るのかは知らない。大げさにいえば三島さんが篠山紀信を選択したことで篠山さんがどう変るのか、僕はそんなことで篠山さんがビクとも変らないと思う。ただ、僕は「助かった」と思いたい。あの時、病気がこの「災難」をさけてくれたことに感謝したい。

それにしても死して五十年後に、再び、地の底からゴーレムがはい上ってくるとは誰が予想しただろうか。
そんな三島さんの霊界からの言葉に耳を傾けると、三島さんはこんなことを言っている。「あの『男の死』は自分の肉体を賭けた最期の芸術行為である。あの行為が衝動的に見えるのは衝動的に考えた末の芸術的クーデターだからだ。かつての自分の衝動がこのような形で注目されるのは当時の自分の芸術行為が相対化されたということは〝現在〟という空気だと思う。行動は時と共に、悲劇とも喜劇ともとれる。さあ、君達は私の芸術をどうとらえるかだ。グワッハッハッハッ」

よこお・ただのり（美術家・グラフィックデザイナー・作家）　「季刊文科」81夏季号

さすらいのママから谷根千《やねせん》BARへ

森　まゆみ

20年くらい前、子育てが一段落し、パスポートを取ってやっと海外に行き始めた頃、上海の手相見が、「あなたは9の才能を持っているのに、3つしか使っていない。あとの6つを花開かせなさい」と言った。家族関係や金運についても良く当たったので、私は真に受けて、あとの6つは、歌手かな、女優かな、政治家かな、と旅の空で考えたものだった。

瞬く間に20年が経ち、声はかすれ、セリフも覚えられそうになく、選挙ポスターに耐えられる容姿でもなくなった。もう一つ長らくやってみたかったのはバーのママ。40年近く聞き書きの仕事をしてきたし、カウンター越しに人の話を聞き、慰めたり、励ましたり、そんなことは得意だ。取材でも、新宿の文壇バー「風紋」を90までママを務めた林聖子さんはじめ、たくさんの魅力的なバーのママに出会って憧れがあった。

「日本では家庭はインスタントや冷凍食品花盛り、きんぴらやジャガイモの煮っ転がしといった伝統食は居酒屋でしか味わえないおふくろの味」という人もいる。バーやスナック、居酒屋は男たちが会社と家を往復する途中の「止まり木」である。最近は女ひとり客も多い。

あるバーのママはいった。「男は弱いからね、ちょっとでも褒めて元気にしてやんないとね」。褒めるところがない男はどうするの、と私が聞くと「あら、いいネクタイしてるわね、というのよ」。この話をしたら、イタリアの建築に詳しい陣内秀信さんは爆笑、「イタリアでは懺悔を聞いてくれるカトリックの坊さんがいなければ自殺は増えるだろうと言われているけど、日本でママや女将がいなかったら男たちはもっと自殺するでしょうね」とおっしゃった。

それで私は虎視眈々と「バー開業」のチャンスを狙っていた。地域で「谷根千のイロハ」という講座をやったのをきっかけに、その受講生の若者たちを誘って、藍染大通りの「アイソメ」という小さなスペースで、試しに「地域お勉強バー」を開き、「さすらいのママ」を自称した。谷根千あたりにはたくさんの小さなスペースがあり、ネットワークができていて、いろんなところでバーをゲリラ的に開催できる。また東大・芸大をはじめとする地域の大学の学生が住み、様々な地域活動に参加している。もっと地域の歴史、文化について知って、町づくりに生かして欲しいと思った。

バーを開くにはバーテンダーが必要。藍染町会の消防団団員、ゲストハウスを経営している中村トシさん、同じく藍染町会で子育てもしている福祉関係の沢田圭司さん（のち区議）をバーテンとし、もう一人、大学で建築を教えている栗生はるかさんにチイママをお願いした。栗生さんはこの「アイソメ」というスペースのオーナーでもある。会場費を払えば、スペースの運営にも寄与できる。

というわけで、2019年1月より、盛りだくさんなお勉強バーがはじまった。乾き物のつまみや漬物で飲みながら、町づくり関係のドキュメンタリーを見て、その後、私の手料理で感想を述べ合い、それぞれがやっていることを基礎に意見交換。みんな仕事持ちなので7時に始めても12時を過ぎてしまう。

第一回に声をかけた人は30人ほど、そのうち24人参加、3000円の参加費も、「これだけ飲んで食べて、映画を見て、話合いができれば安い」という感想が多かった。もちろん学生・院生は割引。しかし24人ではしんみり話す感じにはならない。「これはパーティであって、バーではない」という意見も聞かれた。

そこで、3回目からは、人数を先着13人までに絞った。青梅・五日市からきてくれた國廣純子さん、宮古で「シネマデアエル」をやっている有坂民夫さん、京都の山の中で「山のテーブル」をやっている対中剛大さん、ワシントンから旧友・ジョルダン・サンドさんなどが来てくれると、その場で突然講演会のようになる。みんなパソコンやスマホの中に、すぐに人前でプレゼンできるパワポを持っているのにも驚いた。

しかし、月に一回バーをやるのは無駄が多い。食材や飲み物が余ったり、足りなかったり。毎日やれば明日に持ち越せるのになあ、と思った。そんなある日、根津駅至近のバーが閉店という話を聞いた。飲みに行ってみるとインテリアデザイナーでもあるママはすてきな人で、店はシックで綺麗だった。客層もすばらしかった。「森さんがあとをやってくれるなら嬉しい。映写プロジェクターもいいアンプもそのままで。月に一回ぐらい手伝いに来ますよ」私も毎日やれる歳ではない。「日替わりママ」を構想、いろんな楽しい借り手も考えた。今は、カウンターで飲むより、カウンターの中に入りたい人の方が多く、手を上げる人は結構多かった。

そんなこんなの夢見た2、3月、新型コロナが世界を襲い、開店どころか、「夜の街」のバーは都知事に休業を要請された。大家さんは長い知り合いで「飲食の素人である森さんがこの状況で開店は難しいでしょう」と言ってくださり、私は涙を飲んで断念した。実を言うと諦めてはいない。コロナが終息したら、私はまたバーをやりたい。この生きにくい世の中に職場でも家庭でもない「町の止まり木」は絶対必要なエッセンシャルワークだから。

もり・まゆみ（作家）「うえの」6月号

砂の城と子どもの心

佐々木　閑

海辺で砂遊びをした思い出は誰にでもある。寄せては返す波の合間をみて、大急ぎで砂を掘り、それを積み上げて城や砦《とりで》を作っていく。いくら上からパンパン叩いて固くしても、繰り返す波の攻撃で根方《ねかた》は緩み壁は崩れる。「壊す波」と「作る私」の攻防の、勝負は初めからついているのに、それでも「私が作った私の世界」を束の間味わうスリルに、時を忘れて熱中した、その緊迫感は今も鮮明である。

なぜこんな遊びが、それほど心に残るのかというと、普段体験することのない、極めて非日常的な出来事だからである。絶え間なく破壊の力が押し寄せる場に身を置いて、その力に抗しながら懸命に「破壊されないなにものか」を作り続ける、という経験は滅多にない。普段ならば私たちは、安定した、安心な世界で、壊れる心配のないものをじっくり作り上げていく。たとえば家を建てる場合。「作る先から壊れていくのだから、早く建てなくては」などと考えて必死で即席の家を作る人はいない。「これからずっとここで暮らす、長いおつきあいの家なのだから、腰を据えて良いものに仕上げよう」と大方の人は考える。私が作ったものは、いつまでも私のものであり続けるという前提。これが日常のあたりまえの思考である。

しかし波打ち際の砂の城作りは、そんな日常とはかけ離れて、初めから壊れることを前提とした仕事である。壊れることが分かっているから、本気で本物の家を建てようなどとは思わない。砂で作った粗末な模造品が、波にさらわれ泡と消えるその姿を、ある種、爽快感さえ感じながら見送るのである。壊れることを承知のうえで、壊れても困らない物を作ってみて、その壊れる姿に、なにかこの世の本質的はかなさを感じる。私たちが崩れゆく砂の城に強く惹かれるのは、普段目に触れることのない、抗《あらが》いがたい破壊の力を、我が身で直《じか》に体験できる稀《まれ》な例だからであろう。

さてそれで、実際はどうなのか。私たちは、揺らぎのない安定した世界で、いつまでも壊れる心配のない家にいてニコニコ楽しく暮らしている、そういう存在なのか。それとも、間断なく押し寄せる破壊の波を前にして、無常の思いを抱きながら、つつましく、粗末な砂の城を作って遊ぶ幼子《おさなご》のような純朴な存在なのか。どちらが私たちの真の姿なのか。

答えは、「どちらでもない」である。私たちが、今のこの社会で暮らすその姿は、「間断なく押し寄せる破壊の波に洗われているのに、それに気づかず、まるで揺らぎのない安定した世界にいるかのような錯覚にとらわれ、足下《あしもと》から崩れつつある家にいながら、いつまでも壊れる心配のない家にいるかのような錯覚にとらわれ、無常の思いを噛みしめながら悲哀の心で暮らすはずなのに、曇った眼でニコニコ楽しげに暮らしている、そういう存在」なのである。そうして、壊れるはずがないと思い込んでいた家が突然崩壊した時、「なぜなんだ」ととまどい嘆き苦しむ、そういう存在である。

ここで言う「家」は当然、比喩である。実際は家だけではない。「私の財産」「私の地位」「私の愛する家族」「私の大切な友」、そういった、私の世界を形作るあらゆる要素が皆、ここで言う「崩れゆく家」なのである。それらは本来的に破壊の波に洗われ、刻々と崩れているのだが、ただその波は数秒おきに寄せ来る海の波とは違って、数年、数十年をかけてゆっくりと忍び寄ってくることが多いので気づかないだけである（もちろん、突然一瞬で襲いかかってくることもある）。

海の波を止めることができないのと同様に、日々の暮らしに襲いかかる破壊の波も、その威力を止めることは絶対にできない。したがって「私が作った私の世界」は必ず崩壊する。その崩壊する世界を目の前にして、苦しみもだえるのはつらい。いつまでも安《あん》穏《のん》に続くと思っていた暮らしが、次第に、あるいは突然に崩壊する、その有り様を目の前にして、それでも涙を流さず、嗚咽《おえつ》せずに生きる道はあるのだろうか。

この質問に対する答えは、一番はじめに書いておいた。一所懸命に作った砂の城が瞬時にして崩れ、消え去る姿を見ても、子どもは泣きもしなければ驚きもしない。なぜなら、砂の城は初めから消え去るものだと知ったうえで、消え去っても構わない虚構の所有物として城を作っているからである。そこには「私のもの」という執著《しゅうじゃく》も、「いつまでも持っていたい」という所有欲も、「もっと良いものがほしい」という我欲もない。消え去るものを消え去るものと分かって持つ。その姿、その心は、破壊の波を前にしても動ぜず、苦しまない。

釈迦は、「この世は無常である。そのことが分かって初めて、人は真の安らぎを得る」と説いた。二五〇〇年前の素朴な教えだが、現代社会が抱える深刻な病に対する薬として、その効用を再認識すべきではないだろうか。

ささき・しずか（仏教学者）「こころ」vol.56

「映画の父」の温かさ

中江有里

映画『ふたり』のオーディションで出逢《であ》ったのは16歳の時でした。

大林監督は何も仰《おっしゃ》らずに笑《え》みを浮かべたまま、助監督からの質問に答える私をサングラス越しに眺めていました。最後に「ありがとう」と手を差し出されました。あれが監督との最初の握手でした。

長らく仕事を続けて思うのは、大林監督の現場は独特で、他にはないものであること。

「僕の演出はキャスティングの段階で終わっている」と仰っていたことがありますが、監督は常に俳優を肯定してくれました。どんな演技も決して否定せず、いつのまにか監督の演技プランに導かれている。これが大林映画のマジック。監督の作品でデビューした新人俳優たちが萎縮《いしゅく》することなく、大きく羽ばたいたのはそのせいだと思います。

監督は大変な健啖《けんたん》家でロケ弁でも妥協がありませんでした。「大林組の食事は美味《おい》しいといってもらいたい」そんな風にスタッフ、出演者のことをいつも気にかけていました。

撮影中は毎日、監督との握手で始まり、どんなに過酷な日であっても必ず握手で終わりました。

監督との思い出は数えきれませんが、ほんの少しだけ書き出してみます。

『ふたり』の私の撮影部分が終了し、ロケ地の尾道から東京へ帰る日のことでした。「できるなら監督に挨拶をしてから帰りたい」と、ロケに出ていた監督がホテルに戻られるのを待って、握手をして別れました。

それから7年後、映画『風の歌が聴きたい』の主演が決まりました。

「『ふたり』の時に、僕への挨拶にこだわった話を聞いて有里には主演映画を撮らなければ、と思ったんだ」

何のキャリアもない16歳の私を、そんな風に胸に留め置いてくださったことに驚きました。

ここで白状すると私は決して従順な女優ではなく、現場で監督に反発したこともありました。若かったゆえ、つまらないこだわりゆえのことです。でも監督は私を見捨てませんでした。

私は監督を「映画の父」と言っていましたが、長らく本当の父が不在だった私にとって、ありのままの自分の心を開ける父のような存在で、唯一無二の方でした。

しばらく監督からお声がかからなかった時期、偶然監督と逢うことが続きました。何度も逢えたならそれは必然かもしれない。私は監督のそばに駆け寄って言いました。

「監督、私を（現場に）呼んでくださいね」

呼ばれないのは作品に必要ないから。監督の作品に出たい俳優がすべて出られるわけないことは十分わかっています。それでも言わずにいられなかったのは、監督に甘えてみたかったからです。でも監督なら、こんな風に甘えてもきっと笑って許してくれるだろう、と。

そうして遺作となってしまった『海辺の映画館―キネマの玉手箱』で声をかけてくれました。

監督は決定稿完成直前に新聞記者の〈奈美子〉という役を書き足したそうです。〈奈美子〉は、高橋幸宏さん演じる〈爺・ファンタ／ファンタジー〉の娘。約20年前、『風の歌が聴きたい』で私が演じたのも〈奈美子〉。他の誰でもなく、私にくださった役だとわかりました。

　この世界には俳優、スタッフ、観客など大林映画で育った多くの「大林チルドレン」がいます。きっと皆それぞれに監督の思いを引き継いでいると思います。だから安心して長期ロケハンに行かれても大丈夫です。大林宣彦監督の作品の一部になれて、本当に幸せでした。

　最後に、不肖の娘を愛して下さったこと、心から感謝しています。


なかえ・ゆり（女優・作家）　「讀賣新聞」四月十四日

台湾の思い出

宮内勝典

台湾がとても好きだ。これまで多くの国々を巡ってきたけれど、台湾の人たちほど優しく、思いやりの深い人たちを他に知らない。

最初に訪ねたのは三十数年前だった。当時、私はヴィザのトラブルを抱えて、妻子をニューヨークのアパートに残したまま、ヨーロッパを転々としていた。そしてポルトガルの安ホテルに籠もって、長編小説に取りかかった。

そんなある日、夕暮れの裏町を歩いているとき、2人組の男にナイフを突きつけられた。ショルダーバッグの肩かけを切って奪い、逃げていく。大切な創作ノートが入っていた。追っていくと、バッグは路上に捨てられていた。金目のものがなかったから。創作ノートも無事だった。ただ愛用しているモンブランの万年筆が消えていた。

私はヨーロッパを去り、台湾へ渡った。温泉に浸《つ》かるように、アジアに身を沈めたかった。台湾は長いこと日本の植民地にされていたから、きっと日本人は憎まれているだろうと覚悟していた。ところが、まったく意外なことばかりだった。

ある日、市場を歩いているとき、小さな仕立屋を見つけた。中年の男性が一人、ミシンを踏んでいる。私はナイフで切られたバッグの修理を依頼した。

翌日、受け取りにいくと、革を継いでミシンをかけ、完璧に修復されていた。代金を払おうとすると要らないという。

どうか受け取ってくださいと漢文の筆談を試みると、見事な達筆で答えてくる。

「あなたは故国を出てから、さまざまな苦難にあった。あなたが受けた心の傷を癒やすことができるなら、これに勝る喜びはありません」

夫人にお金を手渡そうとしても、静かに首をふるばかりだった。

私は市場で、十五、六個のリンゴを買った。亜熱帯の台湾で、リンゴは実らない。日本から輸入された果物だった。

仕立屋にもどり、紙袋いっぱいのリンゴを差し出すと、2人はにっこり笑いながら、ようやく受け取ってくださった。

以来、私は台湾が大好きになって、たびたび訪ねるようになった。

先住民族の村々を巡っているとき、おばあさんに話しかけられて困惑していると、隣の高校生がスマホで通訳してくれたこともあった。

台南では、泊まった宿のご主人が車で駅まで送ってくれ、なんと次の目的地へのキップまで買ってくださった。

こんなことを話していると、まったくきりがない。台湾の人たちの親切さ、優しさは、おそらく世界一ではないだろうか。

台湾北部の基隆港に、1か月近く滞在したこともある。思い入れのある港だった。

ずっと以前、沖縄の石垣島を訪ねたとき、基隆と行き来する連絡船があることを知った。だがそのとき、私はパスポートを持参していなかった。無念でならなかった。

与那国島から台湾の山なみを見たこともある。台湾には富士山よりも高い峰があるのだ。

その頃、私は沖縄を舞台にした長編小説を構想していた。基隆の港を起点として、ヤポネシアの物語を書きたかった。

だが、基隆に着いて、がっくりした。連絡船がなくなっていた。日本の船会社がゴルフ場経営に失敗してしまったからだと聞いた。旅客機で沖縄へ飛ぶことは、たやすい。だが私は、どうしても「海上の道」を辿《たど》っていきたかった。

沖縄へ渡る船をさがしているとき、陳さんという人と知り合った。養魚用の水槽をつくる会社の副社長で、大の日本びいきだった。夫人は日本の着物の端切れで小物をつくる教室を開いておられた。

夕食に呼ばれ、観光客のいない漁村など、あちこち案内してくださった。台湾の海辺から、沖縄へ、奄美へ、島づたいに帰りたいという私の思いに、なぜか陳さんは共感して、人脈を生かし、基隆港の船会社にあちこち掛け合ってくださった。ついに沖縄へ渡る船を見つけて出航することになった。甲板から夜の埠頭を見つめていると、陳さんらしい人影が、ひっそり手を振ってくる。

忘れがたいのは、東日本大震災が起こったときのことだ。すぐに、陳さんから国際電話がかかってきた。

自分たちは基隆の街にアパートを所有している。そこの部屋を提供するから、いますぐ避難してくるように、という電話だった。

みやうち・かつすけ（作家）「日本経済新聞」四月二十五日

くくられる「夜の街」抜け落ちる何か

俵　万智

「ごめんね」と泣かせて俺は何様だ誰の一位に俺はなるんだ

手塚マキ

二年ほど前から、一風変わった歌会に参加している。会場は、開店準備中のホストクラブ。そこに出勤前のホストたちが、思い思いの姿で現れる。歌人の参加者は、小佐野彈《だん》、野口あや子、私の三人。短歌の題を出したり、講評をしたりする。ホストの詠んだ歌を無記名で掲示し、気に入った歌に参加者が投票。集計後に感想を言い合うというスタイルだ。

ある日の歌会で、掲出の一首に出会い、心を鷲掴《わしづか》みにされた。「もし、この歌会から歌集が生まれる日が来たら、間違いなく代表作になると思う。私ならオビに使う」と興奮して述べたことを思い出す。

「ごめんね」と泣きながら謝っている客。立場としては、ホストがもてなす側だが、客はお金を使ってホストを応援するという関係でもある。たとえばお金が続かなくなれば、こういう場面が生まれる。そしてそう言わせているのも泣かせているのも、実は自分の手管なのだという自覚があるのだろう。

多くの客の愛と金を得た者が、ナンバーワンホストとなる世界。つまり、誰にとってもの一位を目指さねばならない。そこが恋愛と違うところだ。恋愛ならば誰か一人の一位になればいい。謝って泣く客を前にしたときの「誰の一位に俺はなるんだ」という自問の深さ。「何様だ」という後ろめたさ。この葛藤から目をそらさない誠実さ。矛盾するようだが、こういう痛みを感じられる人こそ、ナンバーワンになるのだとも思う。

作者の手塚マキさんは、歌舞伎町のナンバーワンホストを経て、今はホストクラブや飲食店、美容院などを経営する実業家だ。「ホスト歌会」の言い出しっぺでもある。若いホストの教育に力を入れている手塚さんは「お客様のちょっとした一言から気持ちを汲《く》み取る力、そして短い言葉で的確に伝えられる力」を養うものとして、短歌がうってつけだと考えた。

君の来ない夜にトイレで聞いているあいつの席のシャンパンコール

嘘《うそ》の夢嘘の関係嘘の酒こんな源氏名サヨナライツカ

シャンパンコールとは、シャンパンをボトルで注文した客を、店中のホストが囲んで盛り上げるもの。「あいつ」に差をつけられた悔しさと、君に来てもらえない不甲斐《ふがい》なさ。トイレという、ちょっと我にかえるような場所の設定が秀逸だ。ホストクラブの華やかさから、少し距離を置く精神性が、手塚マキのモチーフとなっているように見える。

夢を抱き、客との関係性をつくり、高価な酒を飲む。そのすべてに「嘘」をつけた時に、かえってリアルさの増すところがホストクラブなのだろう。店でだけ通用する源氏名も、そもそも嘘の名前である。結句のサヨナライツカは、辻仁成の小説のタイトルだ。読んだことのある人なら、登場人物の心情と重ね合わせることができる。読書家らしい手塚(書評集まで出している)の仕掛けである。

このほど、約二年間の歌会の出詠歌からおよそ三百首を選んで『ホスト万葉集』が出版された。手塚マキはじめ七十五人の作品が収められている。コロナ禍のなか、微妙なタイミングになってしまったけれど、むしろ今だからこそ読んでほしいとも思う。

「夜の街」に向けられる目は、厳しい。けれど、夜の街という名前の街はない。曖昧な言葉でひとくくりにするとき、抜け落ちてしまう何か。そこを掬《すく》うのが文学の役目でもあるだろう。

たわら・まち（歌人）　「西日本新聞」八月三日

さつき　時間の名前

金田一秀穂

5月というと、一年の5番目の月だが、「さつき」というのは、5番目の月という意味ではない。弥生や睦月と同じで、安直に順番でつけられた名前ではないのだ。その分なんだか由緒ありげで有難い感じがしないでもない。

ただし、何月は何というか、勉強しなくてはならない。覚えにくい。テレビのクイズになったりする。睦月、如月や師走は言えるけれど、4月、7月、8月、9月がスラスラ言えるようであれば、かなりの教養だと思われる。

これと同じ苦労は英語でさせられた。1月はお年玉をもらって「銭アリー」、3月はうれしくなって行進するから「マーチ」などと語呂合わせをしたものだ。8月はおならをして「おーガスと」なのだが、どうして8月におならをするのかがわからない。苦しい。

それにしても、英語ではいまだに、面倒な名前で月を呼ぶ。ジャニュアリーとかフェブラリーなどを、ファーストマンス、セカンドマンスとどうして言わないのだろう。日本語に比べて、大変不合理に思われる。日本語なら、今5月、12月まで何か月か?と聞かれて、すぐに12引く5で7か月!と答えられる。ディッセンバー引くメイは出来ない。現代にふさわしくない。

時間を数字で言うのは、中国語がもっと進んでいて、月曜日を星期一と言い、以下順に、土曜日が星期六、日曜日は星期日という。曜日の名前を覚えなくていい。週五日制などと言うときに、中国語人はたぶんとてもすっきり理解できるに違いない。

5番目の月を「さつき」と呼ぶということは、時間に名前を付けるということである。時間には名前がない。ただ連続して流れていく。4月の次に5月が続いているのは極めて自然である。けれど、卯月の次がさつきである。そこに節目が生じる。ある時間が終わって、新しい時間が始まる。一日のうちでも、10時の次は11時であるが、それは便利だけれど、午前と午後とか言う。朝と言い昼と言う。数字の順番で時間を言うだけでは私たちの気持がうすら寒い。

四季を春夏秋冬と区別して言う習慣は捨てがたいと思う。雨季と乾季の二つの名前しかないと、ただ気象条件を翻訳可能な言葉で言っているだけで面白くない。なんだか物足りない。散文的で殺風景だ。四季を第1期、第2期などと言うことにしたら、日本に俳句は生まれなかったにちがいない。1学期を春学期、2学期を秋学期という学校があって、素敵だと思う。

日本にはもっと不思議な習慣があって、時代に名前を付ける。昨年大騒ぎした、元号である。昭和で平成で令和。連続した時間であるのだが、そうやって違う名前を付けられると、それぞれに区切りがあって、けじめがついているような気がする。昭和は今や古めかしく、平成は元気よく、令和はとても新しく感じてしまう。時間に名前を付けると、経済効果さえあるのではなかろうか。

さて、どうして5番目の月を「さつき」と言ったのか。「さつき」の「さ」は、田植えのことだったらしい。旧暦の5月は、今の5・6月のことだった。そのころに田植えをするから、さつきと言われるようになった。さおとめの「さ」も、田植えをする乙女のこと、さなえの「さ」も、田植えの苗であるとすれば説明がつく。さくらの「さ」も、もしかすると、同じことかもしれない。

一説に、「さ」というのは神様を表していたという。農耕を始める季節は、豊作を祈る時節であり、神様が臨在してほしい。「桜」はちょうどその時期に美しく咲く。たとえば、こぶしの花もかつてはサクラと言われていたらしい。「くら」は、場所という意味。つまり、「サクラ」は「神様のいる場所」という意味だった。

田植えをしながら、傍らに美しく咲く樹を見て、昔の人は、神様がそこに来たように信じたのだという。とすると、サオトメは、神様の巫女のような人のことであり、サナエは神の意志を持つ苗であり、サツキは神様が来る月と考えられる。

ホテルと旅館は何が違うかと聞かれて、布団を敷いて寝るか、ベッドで寝るかの違いではないかと答えたのだが、今や旅館でもベッドが置かれている。部屋に名前がつくか数字で呼ばれるかの違いだという答えは、案外当たっているかもしれない。

ホテルの部屋は、階数と部屋番でできている。4とか9とかが避けられるところは病院と同じで、人間味の温かさを多少は感じる。3211号室と言われると、かなりな高層階の眺めのいい部屋を想像する。

旅館ではこれが「あけぼのの間」とか「桔梗の間」とかいうことになる。一つ一つが個別で、空間的な識別は難しいけれど、味がある。会社や学校も、たくさんの部屋を旅館式に名付けてみたらどうだろう。13時半からの会議は若紫の間で行い、続く打ち合わせはたらちねで、などと言うと、気分がだいぶん変わりそうだ。

よく知らないけれど、刑務所では俗世で通用した人の名前は使われず、番号で呼ばれるらしい。そのことで、人格が否定されるというけれど、名前を剥奪されるのは、かえって優しさであるかもしれない。番外の地であることを知らしめて、荒涼とした社会を作る仕掛けであるが、世間のしがらみと断ち切れた社会で、安心させられる人も少なくないように思われる。

名前があるのは非効率的であるけれど、その非効率さが人間的な温かさを保つことでもある。なんでもわかりやすく便利であればいいというものではない。

きんだいいち・ひでほ（日本語学者・杏林大学特任教授）　「うえの」5月号

生死不明

島田雅彦

文壇史的には、「第三の新人」の後輩に当たる古井由吉さんの世代の作家たちは、ちょうど私の両親の世代と重なる。同世代の大江健三郎が六〇年代安保世代を代表し、外に対して闘っていたのに対し、内に籠るニュアンスでやや侮蔑的に「内向の世代」と括られた。

かつて、作家は芸能人のように、その生き方に下世話な関心が寄せられ、長らく三面記事のスターだった。その特異なキャラに対する好奇心を満たしてやることが作家の営業努力に含まれていた。だが、それも「第三の新人」までだった。古井さんは自分たち「内向の世代」を「見た目通り、世間から関心を抱かれているとは全然思っていない」作家グループと考えていた。軍国主義から民主主義へ、統制経済下での窮乏生活から経済成長下での飽食、結婚後の団地暮らしへ、戦中から戦後にかけての急激な変化に対する強烈な違和感が彼らの出発点である。古井さんの場合はこれに長患い、大学教員の仕事、東京や金沢での下宿生活が挟まれる。

それまで作家といえば、ブルジョアの放蕩息子であることが多かったが、戦争を経て、生家の財産を頼れる作家はいなくなり、自分の稼ぎで暮らすサラリーマンの立場に身を置くほかなかった。古井さんは三十代になったばかりの頃に大学のドイツ語教師から専業作家に転じたが、その時の様子を「単行本はいまだなし、商業誌に載ったのが二作、予定が一作、次のテーマは五里霧中、三十二歳、二女の父、無職……ようやるよ」と書いている。大学の環境も学生運動等で変わり、中堅教師がこき使われるのを恐れ、執筆に専念したい誘惑も絶ち難く、毎月、短編を書き続ければ、ぎりぎり生活は立つという計算までして、専業作家になった。

戦争体験は古井作品に深い陰影を落としているが、東京で空襲を受けた市民の複雑微妙な態度をよく知っているので、理念的な人道主義や平和主義には与しなかった。焼け野原で陽気に騒ぐ人、そこここで交わる男女、捨て鉢になりながらも人助けをする人などを目の当たりにしていたことが、古井文学のエロティシズムやヒューモアの原点になっている。

作家の道具は言葉のみ、それゆえ「言葉に仕える」ことを唯一の信条とし、言葉を通して、歴史や土地が持つ力、意識の外に広がる別の世界とつながろうとしてきた。また、人間の身体の構造は何万年も変わらないので、時代や世代を越えて、言葉は共鳴すると確信していた。

季節や気象の変化に敏感な風流人であり、また散歩の達人でもあったが、仙人めいた風貌に似合わず、しっかりと俗にまみれてもいた。町をゆっくりとした足取りで歩く時も、酒場でパイプをくゆらしている時も、古井さんは度の強い眼鏡越しに常に対象の微細な差異を観察している。人の表情に見え隠れする喜怒哀楽、欲望、言動に現れる乱れや狂いもつぶさに窃視していた。また、窃視を気取られないように眼差しを曖昧にしていた。それは「末期の眼」と伝説化された川端康成の眼差しと似ているようで、全く異なる科学者のそれに近いものだった。観察対象は自然や人物にとどまらず、科学では扱わない領域、すなわち歴史や世相、さらには自らの意識、無意識までもが含まれていた。川端はそのギョロ目で事物の表面だけを凝視していたので、その観察記録も見事に平面的で、一切の陰影がなかった。それに対し、古井さんの観察記録は三次元的、時に四次元的な膨らみを伴い、過剰な具体性を伴っていた。たとえ、自分が見たものが錯覚や夢であっても、それを言語化する手続きが緻密で、情に流されることなく、分析的だったので、全てが実話のように思えてくる。

多くの作品で短編連作の形態を取っているが、それが自身のリズムやスタイルに最適だったのだろう。語り手や登場人物は日々の暮らしの反復の中に生じる小さな波乱や亀裂を丹念に拾い上げ、折々の心境を情景描写の中に溶かし込んでゆく。その日記のような淡々とした語りには大きな波乱万丈が隠されている。一つの短編の中にいくつもの発見、認識の転換があり、ひとしきりそれに寄り添うと、読後に読者の世界観も変化する。

「老い」と「死」は古井さんが五十代の頃からの一貫したテーマだったが、近年は「あの世からの通信」のようになっていた。生々しい他者としての死者の声がどの作品からも聞こえてくる。「死人に口なし」どころか、雄弁な死者たちはこの世に自由に出入りし、私たちと交わっていることを古井さんはリアルに示してくれた。

震災や戦争や恐慌や感染症の蔓延を止めることなど文学者にはできないが、理不尽で、荒唐無稽な現実に翻弄され、狂わされた人々を癒すことはできる。非常事態は人間の悪と善の生々しい実態をあらわにするが、文学には過去の非常事態の経験が蓄積されている。古井文学は世界の残酷さに対する諦念から育まれたヒューモアに溢れており、医師が気前よく処方する抗うつ剤などよりよほど精神の安定をもたらしてくれる。新たな疫病蔓延の最中にふらりとあの世に出かけたようだが、古井さんは依然、生死不明と思った方がしっくり来る。

しまだ・まさひこ（作家）「新潮」5月号

新品か中古品か

ヤマザキマリ

数年前、アメリカからイタリアへ戻って住むための家を探していて、夫の選んだ地域でいくつもの物件を見ることになった。不動産屋は私たちが気に入りそうな家をたくさん用意して見せてくれるのだが、広さ以外の点となると我々夫婦の好みはなかなか合致しない。どちらかといえば機能的で開放感のある新しい作りの物件に気持ちが動く私と違って、夫は見るからに年季の入った、築数世紀レベルの古い物件が良いと言う。

城壁の一部分を住居とした物件に連れて行かれた時、夫の目はミラーボールのようにキラキラ光り輝いた。担当者はそんな夫にすっかり気を良くして、ニコニコしながら、「1200年代に隣国と戦争があった際に50人の兵士がこの中で憤死したという、大変歴史のある塔を改築したものです。まさに遺跡に暮らすような感覚ですよ」などと説明して、さらに夫の気持ちを沸き立たせている。

「ここがいいなあ」と言われ、私が「50人の兵士に呪われるのはゴメンだ」と答えると、「ほら、また始まった。彼女はお化けを信じてるんですよ」と担当者に揶揄《やゆ》気味に話しかけ、二人で楽しげに笑っている。「イギリスではお化けの出る物件は高額でやりとりされますから、良い投資になりますよ」と、皮肉交じりに対応された。子供の頃、昼時のワイドショー番組で心霊写真を散々見せられた日本人の私にとって震え上がった記憶は、なかなか払拭できないのだから仕方がない。

最終的に決めたのは、現在暮らしている築500年の家なわけだが、ここだってかつて日本のカルトシーンを一世風靡した霊能者の宜保愛子さんが訪れたら「ああ、いや、あちこち霊だらけじゃないの！」とか言いそうな雰囲気だ。ただ幸い私は霊感知機能が鈍いので、今のところ霊の気配を感じたことは一度もない。

夫の部屋には先祖代々から引き継がれている古い家具が配置され、おばあさんから遺産で相続したやはり400年くらい前の薄暗い修道士の油絵が飾ってある。イタリアなんだから、もっと斬新なスタイルのインテリアを加えてもよさそうなものだが、夫は本質的に新しいものへの関心がない。ちなみに、それは車を選ぶ時も同じで、彼は決して新車は買わない。新しいものを自分色に染めていくのが嫌いなのだという。

「新車は若いだけが取り柄の傲慢な女子高生みたいだし、過去が見えないのはつまらない。でも中古車には過去がある。家でも車でもその過去を感じながらも、自分と共生していく感覚がいいんだよ」だそうだ。

齢《よわい》21にして14歳年上の子持ちという曰く付きの異国女と結婚したのも頷ける意見だが、イタリアには、少なくとも私の周りには、中古車好きが多い。夫の父親など、実際乗るわけでもないのに、古い車をヨーロッパ中からあれこれ買い集めてきてはそれだけで満足しているし、知り合いの多くも中古車しか買わない。値段的に圧倒的にお得というのも大きいが、やはり皆も自分色に染まっていないものとの共生を楽しみたいと思っているのかもしれない。古いなりのメンテナンスの大変さを指摘すると、「だから、一筋縄じゃいかないところに惹かれるんだよ」と夫。いずれ私を介護するようなことになっても、そういうノリならとても嬉しいが。

やまざき・まり（漫画家・文筆家）「婦人公論」二月二十五日号

歳月に与えられたもの

黒井千次

家の中に「家庭公務員」とでもいった職種のメンバーがいるのではないか、と感じることがある。

国家公務員とは、国家の公務に従事し、国家から給与を受け取る公務員である、と辞書などには書かれている。

地方公務員という人々がいる。こちらは、国家公務員における「国家」が「地方」に変るわけだろう。

としたら、「家庭公務員」と呼ばれる人も存在し得るのではないか、と想像する。家庭は私人の集《あつま》りではあるけれど、その中にもし「家庭」単位の「公務」というものがあるとしたら、家事に従事する家族の構成員は、「家庭公務員」と呼ばれる資格があるのかもしれない、とぼんやり考えてみたい気のすることがある。

ただしかし、この公務員の主たる役目は、監視と警告なのである。簡単にいえば、家族に対する見張りと文句、つまり苦情を発し、それを当の本人に伝える任務を荷《にな》った、家庭における公務員なのである。この公務の遂行に私情はさしはさまれず、個人的な反応を示すことは許されない。公務員なのだから——。

そんなことを考えるようになったきっかけは、家の中に老化監視人とでもいった公務を荷ったメンバーがいるのではないかと、気づいたからである。誰とは言わない。女性であるようだ、というにとどめる。しかしこの監視はなかなか厳しく、家の中に「老化」の気配が侵入するのを見張っている。年寄りくさい立居振舞いがあると、たちまち警告を受ける。

たとえば、居間の椅子にやや長く坐《すわ》った後、立ち上って歩き出そうとすると、腰が重く、痛みそうになるので、つい尻の落ちた前傾姿勢を取りがちになる。それがよろしくない、という。そしてよく引き合いに出されるのが、かつてすぐ隣に住んでいた我が父のことである。

九十歳で亡くなった父は、確かに最後まで背筋のピンと伸びた人だった。子供の頃からそういう躾《しつ》けを受けたそうで、背を曲げぬように、背の襟元から尻に向けて竹の物指しを祖父にさしこまれて育ったという話をよく聞かされた。

背筋のしっかり立った老父は、散歩に出る折にもステッキをつき、背をまっすぐに立てたまま、ゆっくりと道を歩いていた。まるで垂直線の平行移動のようだ、と思ったものである。決して腰を落したり、尻を引きずるような姿勢はとらなかった、と監視人はいうのである。

それは認めるけれど、年寄りが年寄りくさくなるのは自然であり、おかしくはないだろう。それを認めないのがアンチ・エイジングという考え方なのだろう、と遅まきながら気がついたりする。

家の中に年寄りめいた空気を持ち込むな、という主張の一部は認めるけれど、自然にそうなるのはそれこそ自然であり、否定のしようもない。

身心ともにいつまでも元気で若い頃と変らぬような毎日を過せるとしたら、それは幸せなことであり、そうありたいとは願うけれど、かといって一向に歳《とし》を取らずに若々しいままであるのも、どこか物足りないような気がする。何のための年寄りなのか、と尋ねてみたい気がする。多くのものを失ったかわりに、歳月によって与えられたものは何なのでしょうか、と少し嫌味をまじえて尋ねてみたい気がする。
家庭公務員としての老化監視人の仕事は次第に減少し、目こぼしや見ぬ振りがふえても一向に差し支えはない。

くろい・せんじ（作家）「讀賣新聞」一月三十一日・夕刊

真心、なるもの

藤沢　周

鎌倉雪ノ下の仕事場に向かっていたのに――。

すでに通り過ぎて、鶴岡八幡宮様にお参り、さらに二階堂の方へと歩いている。「ああ、自分はなんで、こうなんだろう」と胸中呟いているのだが、締切間近の原稿があるにもかかわらず、春の陽気に誘われて散策なんぞに現を抜かしているわけである。「明日、やればいいいか。明日こそ。うん、明日明日」となる。永福寺跡地の日なたの匂いや瑞泉寺の可愛らしい花々の微笑みに癒される方が大事ではないか。まどろみに近い頭のまま踵を返し、ようよう仕事場に向かううち、小町の宝戒寺の前へ。

古刹の参道に敷かれた大きな六角石の連なりをぼんやり見やると、ふと、あるフレーズが浮かんできた。あまりに有名な、「いざ、鎌倉」という言葉。鎌倉にいるのだから、「いざ」もないが、謡曲「鉢木」で貧しき老侍・佐野源左衛門常世が語った「鎌倉に御大事あらば　ちぎれたりとも此具足取って投げかけ……（略）……一番に馳せ参じ着到に附き」の言葉から生まれた成句。はたと、私にはかような「いざ、鎌倉」的心がけというか、スタンバイができているのだろうか、と思ったわけである。「明日、いや、あさって」「まあ、もうちょい先でいいか」と先送りしてばかりいるではないか。

宝戒寺は元々、北条義時が造った執権の屋敷・小町邸である。その後、北条九代が滅亡し、その霊を慰めようと、後醍醐天皇が足利尊氏に命じて、屋敷跡に建立させた寺だ。つまりは、執権の本拠地の一つでもあっただろう。

謡曲「鉢木」は、厳冬の大雪の日に一人の旅僧が、上野国を彷徨い、一軒の家に宿を借りようとするところから始まる。雪の降り方や地名などから、我が故郷越後国が舞台との説もあるらしいが、それはさておき、その家、常世夫婦が清貧に徹して暮らすゆえに、あばら家同然で、とても僧をもてなすことなどできない。常世は苦渋の想いでいったんは断るのだ。だが、窮乏の様を恥じるよりも、僧の願いに応えるべきではないか、と夫婦ともども話し合い、僧を呼び戻して、わずかに残った粟飯を出し、また、暖を取らせるために秘蔵の鉢木（盆栽）を火にくべてしまうのである。常世は、今は一族に領地を奪われ貧しい身なれど、これでも武士、鎌倉に一大事あれば一番に駆け付ける覚悟ができている、とも語る。僧が帰ってしばらく後、鎌倉から緊急の召集の報せが。常世は古びた具足をつけ、痩せ馬に乗って急ぎ鎌倉へ。すると、執権から直々に呼び出しを受け、対面すれば、その執権北条時頼こそ雪中に現れた旅僧だった。時頼は常世の心がけと約束を守った侍魂に感服して、一族に奪われた本領を取り返し、さらに新たな領地を褒美として与えるのである。

こんな物語であるが、「いざ、鎌倉」という言葉は、幕府への忠誠と覚悟を示す武士道の象徴として生まれ、一大事とか行動を起こす重大な時、という意味で使われるようになる。だが、私が「鉢木」の物語に惹かれるとすれば、忠誠心や武士道などというものではなく、佐野源左衛門常世と北条時頼の日常の有りようの方なのだ。鎌倉に向かう向かわないという話以前に、雪中に迷う名も知らぬ僧を助け、さらに大事にしていた梅、松、桜の鉢木を火にくべて暖を取らせる心遣いの方に心を動かされるし、時頼の、雪深い中を歩いてでも世に暮らす民情の細部まで知りたいと願う想いの方にこそ唸らされる。

いわば、常世は埋もれ木となって零落の身ではあるが、その貧しさの中で自らを磨き続けていたからこそ、「いざ、鎌倉」となる。己れがこの世に生きて、いかなる境遇にあっても、実直に毎日毎日を暮らしていることこそが美しいではないか。

自らを支えていた宝の盆栽を切って焚いた、その炎はどんな色をしていたのだろう。また鉢木に揺らめく炎や煙に感応したであろう時頼も、日頃からその感受性を培っていたからこそ、盆栽の炎から貧しき老侍の涙や志の高さを発見したということだ。

となると、「いざ、鎌倉」の一大事が起ころうが、起こるまいが、常世も時頼も変わらない。日々の過ごし方というか、心の丹田とでもいうべきものが、ブレぬままおさまっている。「明日、やればいいか」「もうちょい先で」などと考えすらせず、刹那刹那を大事に生きているわけだ。庶民たちの生活、喜びや悲しみ、困窮の実情を知りたいと廻国した時頼も、人々の日常の細部にこそ隠れている真実を摑みたかったのだろう。

成果を上げるだの、経済効率だの、仕事を残すだの、それが何だというのだ。そんなものを見なくても、日々の端々にすべては表われる。また、そこをこそ丁寧に生きるべし。常世も時頼もそれを教えてくれるような気がしてくる。

私の「まあ、そのうち、鎌倉」というのは、性格というか、生活態度の問題だろう。宝戒寺の掃き清められた参道を歩きながら、「何だろう、何だろう」と考える。当たり前なことなのに、なかなかできないこと。その要となるもの……。そして、ようやく思い辿り着いたのは、誠というか、真心ということなのだ。それに尽きると。何を今さら、の感もあるが、メールの返信にしても、人との挨拶にしても、小説執筆の締切やその内実にしても、これだけに気をつけていればいいのではないかと。常世も時頼も、ただひたすら真心で過ごしていたわけである。結果や成果など見なくとも良し。その姿勢にのみ、すべてが現れる。成就するのである。ひいては、「いざ、鎌倉」ではなく、たとえば大袈裟かも知れないが、「いざ、彼岸」となっても、真心で日常を丁寧に生きていたら、おそらく悔いはないのではないか、とも。

還暦過ぎて、やっとこんなことに気づいている愚者は、心改めるのに、「よし、明日から」とつい思ってしまう癖がついているのだが、「いざ」以前の、まさに今。今こそにしか、真心はない。

ふじさわ・しゅう（小説家）「かまくら春秋」4月号

書棚に関する回想から

月村了衛

私が学生であった頃、どこの家具屋でもガラス扉のついた大きな書棚を売っていた。こういう書棚をまとめて購入し、蔵書を並べる。それが夢の一つであった。

埃《ほこり》は紫外線と並ぶ本の大敵だ。扉がないとあっという間に埃焼けができてしまう。だから扉は必須である。当然ではないか。

二十代の終わり頃、思い切って2LDKのマンションに引っ越した。一部屋を書庫にするつもりで借りたのだ。部屋の寸法を入念に測ってから都内の大手家具店を回り、目的に合う書棚を探して何本も買った。絶対条件は収納力のあるスライド式でガラス扉付き。それだけは絶対外せない。とは言え、重厚すぎる大型家具調書棚は圧迫感があってできれば避けたい。当時はヒマだったから、それこそあちこち探して回った。

特に気に入ったのは、マルイ池袋西口店（現・池袋マルイ）地下の家具売り場で見つけた上下に分割できるタイプの書棚であった。数本買って配送を待ち、設置した。早速蔵書を詰める。全然足りない。もう一度マルイに行き追加で買う。配送を待って本を詰める。まるで足りない。またマルイに行く。まだ足りない。またまたマルイに行く。店員のお兄さんが「どんな部屋に住んでるんだっ！」と呆《あき》れていた。当時の（今も）私は冴《さ》えない風体をしていたので、ワンルームマンションくらいの物件を想像していたのだろう。

マルイで買った上下分割式の書棚はレイアウトに融通が利き、とても重宝した。このとき買った書棚はすべて今でも使っている。三年後に転居したとき、同じ書棚をマルイでもう一本買い足した。

しかし——四六判の単行本が入らない棚があることに気づき、首を傾げた。アイボリー木目の外見や外寸に変化はなかったのだが、どうやら内寸に微妙な変更があったようだ。

それでもまあ、判型の小さい本をそこに並べればいいだけであって、私は満足した。

三十代のほとんどをそのマンションで過ごし、私はまたも転居した。今度はメゾネット、スタジオタイプのそれはそれは珍しい間取りの物件である。書庫にできるような部屋などない。こういうときこそ上下分割式のメリットが発揮される。私はまたも同じ書棚を買い足そうと思い、はたと困った。

池袋西口のマルイの地下に、家具売り場などすでになかった。その後（なぜか）ヴァージンメガの書籍売り場が入っていたのだが、それすらもすでに撤退している。

私は愛用する書棚を調べ、製造元の検査表が貼られているのを発見した。そこに記されていた番号に電話してみたが不通であった。どうやらメーカーも消滅しているようだ。

気がついてみると、かつては当たり前のように陳列されていた書棚が家具屋の店頭から消えている。どんなに大きい店舗でもそれは同じで、書棚などほとんど扱っていない。あってもガラス扉付きのスライド書棚など皆無である。どちらか一方を備えている物はあるのだが、両方を兼備している物はなかった。

あの重厚感溢《あふ》れまくる巨大書棚など、置いていた店ごと消滅している。

このとき、私は日本人の生活様式と意識の変化を痛感した。

日本人はもう書棚など必要としていない。つまり、それだけ本を読まなくなっているのだ！

これはうろ覚えなのだが、先日ネットを眺めていると、「本を百冊近く持っている」という自称〈蔵書家〉の人が、友人知人から「スゴい」「図書館みたい」「本がありすぎて気持ち悪い」と驚かれている一方で、通りすがりの人達の失笑を買っていた。

私の正直な感想を申し上げると、「蔵書百冊」はせいぜい中学生のレベルである。蔵書家を名乗るのであればケタが二つ、なんなら三つくらい違う。しかし大多数の人達には百冊でも驚異的な範疇に入るらしい。こうなるともう私の理解の及ぶ世界ではない。

日下三蔵《くさかさんぞう》を見よ！　北原尚彦を見よ！

……という話を書評家の千街晶之《せんがいあきゆき》氏にしたら、「あの人達は普通じゃないから、一般人と同列に語ってはいけません」とたしなめられた。

「普通じゃない」だったか「カタギじゃない」だったか、はたまた「どうかしてる」だったか「異常だ」だったか、そのあたりの記憶は曖昧だが、概《おおむ》ね千街卿《きょう》の仰せられた通りであるとは思う。

閑話休題。「昔に比べると今の若い者は云々」の言説は太古より存在したとよく言われる。しかし、現代は人類史上かつてないと言っていいほど変化の速い時代である。

インターネット、SNSの出現は、人間の意識のありようを決定的に変革した。この断絶は途轍《とてつ》もなく大きい。古代エジプト人の若者に対する嘆きなど、書店で新刊書籍を買い喜び勇んで帰宅してみたら同じ本が届いていて、通販で予約していたことに気がついた私の嘆きの如く、ごくごく些細《ささい》なものである。

全員とは言わないが、書店でスマホを使い書籍を検索している人の多くは、買う本を探しているのではない。目の前にある本を〈買わない理由〉を探しているのだ。

どこの誰とも知れない人物が無責任に書いたネットの評を確認し、低評価ならもちろん買わない。あらすじを最後まで調べ、ハッピーエンドでないならもちろん買わない。「感情移入できない」という文言を見つけたらもちろん買わない。「面白いだけ」ならもちろん買わない。

「タダで読める物を買う奴は情弱の馬鹿」。そんな言説が当たり前のようにまかり通って、多くの者が疑問すら抱かない。そこに著者への敬意など微塵《みじん》もない。そもそも「敬意を払う」という発想自体がないのだ。だからそうした言説を批判されても何を言われているのか理解できない。

それがいいとも悪いとも私は言わない。

現代とは、そういう時代なのだ。

すでにそうなってしまっているのだ。

そして、それはおそらく不可逆なのだ。

我々はまず、そのことを認識しなければならない。

これはテクノロジーだけの問題ではないだろう。若者の貧困、国家の衰退という政治問題も切り離して考えることはできない。過去数十年にわたって国民の労働対価を収奪《しゅうだつ》し、国力と文化を削り取ってきた政治の責任だ。日本がクールであった時代がもしあったとしたなら、それはメディアを問わず創作者達の功績である。しかし国は彼らに決して報いようとはしなかった。代わりに何をしたか。広告代理店に巨額の税金をくれてやり、官僚の天下り先をせっせと増やしただけである。美しくないことこの上ない。

折からのコロナ禍は、誰にとっても不幸であった。しかし事態がここまで悪化した責任は、己の保身と利権、名誉欲に固執した一部の者達にあることは否定できないだろう。

我々にとって、これは単なる始まりでしかない。

文学が、出版が、今後どのように変容していくのか、誰にも予想などできはしない。ただ今よりよくなることはないのではないかという、漠然とした不安があるだけだ。

日本は未《いま》だ奈落の底へ着いていない。

現在も加速しながら落下している最中なのだ。

つきむら・りょうえ（作家）「一冊の本」7月号

犬と散歩をした話

高瀬隼子

犬が好きなので、いつもさわりたい。よその犬でもなんでもいい。東京ではよくスーパーの前に犬がつながれている。わたしは四国の生まれだが、田舎ではこんなことはなかった。スーパーには車で行くし、犬は家に置いてくる。連れてきたとしても車の中に置いていく。東京の人がなぜわざわざスーパーに犬を連れてくるのかは分からないが、なんでもいいからさわりたいこちらとしては大変ありがたい。

東京のスーパー前につながれた犬には二種類いる。「こんなことには慣れてますよ、さわりたければどうぞ、どうぞ」という子と「なんでこんな目にあわせるの、もしかして二度と帰って来ないんじゃないの、こわいよ助けて」という子だ。後者の場合はさわれない。ますます怯えさせてしまってはかわいそうなので、少し離れた場所から見つめるだけにしている。むかし、うちで飼っていた子は後者だった。とはいえ、わたしの地元は田舎なので、スーパーの前に犬をつないだことはない。つないだことがないのに、あの子だったらどうなるか分かるというのは不思議だけどそうなのだ。

茶色のやわらかい毛をしていた。なんとか抱えられるくらいの大きさで、だけど抱えられるのは嫌いだった。お腹をなでるのはいいですけど、むやみに抱きしめるのは止めてください、べたべたされるのは嫌いなんです、という子だった。若い間は外で飼っていたからかもしれない。年老いて室内犬になっても「一匹の時間も大切なので」という姿勢を崩さなかった。人間が同じ部屋にいても微妙に離れた位置に寝そべって気ままに過ごすくせに、こちらが出かける気配を察すると不機嫌になり、帰宅すればしっぽを振って喜んだ。わたしが小学生の時にうちに来て、大学を卒業する少し前まで生きてくれた。

散歩した道のことを時々思い出す。東京には似た景色なんてないのに。地下鉄の階段の壁に埃が溜まっているのや、職場のトイレの壁の「深呼吸をしてみよう」と書かれたポスターが剝がれかけているのを見た時にふと、思い出すのだ。実家の近所に川があって、散歩はそこに行っていた。大きな川で、桜並木のある河川敷も広い。視界を遮るものが何もない田舎だったから、山から海まで見渡せた。空が球体の半分の形で頭の上にあったから、西に沈んでいく燃え立つような夕日と、東からぞぞと範囲を広げてくる夜の、両方が同時に見えた。海のそばには化学工場が建っていて、夜になるときらきら光った。河川敷には野球やサッカーのコートがあって、練習している人たちの中にその頃好きだった人がいるのを知っていたから、近くを通る時にはすました顔で歩いた。その自意識がたまらなくなった日や、髪のくせが直らなくて誰にも会いたくない日は、階段を下りて河原に行き、水と石の上を歩いた。海に近くなるほど水はにごってくさい。リードを強くひいて、水に飛び込まないよう「いかんよ」と声をかけながら歩く。かしこい子だった。いかん、と言ったらだめなことはしない。人間の言葉を理解していた。たくさん歩くのが好きだったから「帰るよ」と言っても、聞こえないふりをしていたけど。

あの子が死んでしまった日、大人になってから初めて家族の前で泣いた。母や父や大人になった弟の涙も初めて見た。冷たくなった体をなでながら、そうかみんなおまえの前で泣いていたのか、と気付いた。だだっぴろい、風の音ばかりびゅうびゅうする河原で、おまえにしか聞こえない声でつらいんだよねとつぶやいた。

あの子がいなかったら、わたしは本当に悲しいことや本当にしんどいことを全部、母さんに話していたかもしれない（さすがに父さんや弟には話さない）。国語の授業で朗読中に声が裏返ったとか、昨日頭が痛いと言ったのは嘘だったとか、あの人が憎くて憎くてたまらないんだとか、友だちが友だちなのか分からなくなったとか。話せば、母さんは話を聞いてくれただろうけど、でもそうしたら、わたしは今みたいな小説を書けていなかったかもしれない。声や目やなでる手つきで、あの子に話しかけながら、わたしはわたしに話した。思考を言葉にして河原に並べていっているみたいだった。夕焼けが綺麗だった。川の水が金色に輝いて、あの子の美しい茶色の毛が歩みに合わせて揺れていた。何万歩の距離だっただろう。子どもから大人になるまでの間に、あの子と歩いた散歩道は。歩いた分だけのものが糧になって、死にたい気持ちになった頃に、おなかを空かせたあの子がぐんぐんリードを引っ張って、わたしを家に連れて帰ってくれた。全部おまえのおかげ！　ああ、そう言って抱きしめてやりたい。べたべたされるのが嫌いなおまえは、うう、と唸って顔をしかめるだろうけど。

河原で石を投げて遊んでいたあの頃から、夢は「小説家になる」ことだった。大人になって「犬と暮らす」という夢もできた。犬を飼いたい。わたしの家族になってほしい。けれど難しい。仕事をしている。朝は早いし夜は遅い。体力は少ないし、残業は少なくない。毎日散歩できる気がしない。昼間ずっと一匹で過ごさせるのもかわいそうだ。もしかしたらスーパーの前につながれた犬の飼い主は、仕事を終えてまっすぐに帰宅して犬をなで、しかし急いで帰宅したので夕飯の買い物もできておらず、かといって飼い主の帰宅に喜ぶ犬から離れるのは忍び難く、というわけで一緒にスーパーまで来た、という人なのかもしれない。わたしにそんな経験はないのに「分かる、分かるよ」と言いたくなる。「犬と暮らす」夢が叶うのは定年退職した後かもしれない。あと三十年近くある。時間の長さに途方に暮れる。三十年も生きられるだろうか。というか、犬なしでそんなに生きていけるんだろうか。無理だと思う。不安である。

今日も、スーパーの前につながれた犬を見つけてはなでる。犬はかわいい。よその子でもかわいい。かわいいから「かわいい」と言ってなでる。だけどよその子には「つらい」とは言えない。あの子にしか言えなかったことがたくさんある。いつか死ぬ時、わたしの書いた本を持っていこうと思う。文字は読めないだろうから声に出して読むね、と言ったってどうせ分からないんだろうけど、いつもみたいに全部分かったって顔をして、まあ、聞いてください。

たかせ・じゅんこ（作家）「新潮」2月号

一杯一杯

藤原正彦

女房は高校生の頃、理系に行こうか文系に行こうか悩みに悩んだという。数学と英語が好きだから理系かといえば物理、化学が嫌い、文系かというと日本史、世界史といった暗記科目が嫌いだったらしい。最も得意だったのは五歳から続けてきたピアノで、小さなコンクールに出たほどだったが、父親に「プロになれるのは天才だけ」と言われ泣く泣くプロの道を諦めたという。ある時、女房が私に聞いた。「あなたはどうやって数学者になる決心をしたの」「小学校五年生の時に郷里信州の隣村出身の小平邦彦先生が、数学のノーベル賞といわれるフィールズ賞をとった時だ。アサヒグラフに家族の写真がのっていて格好よかったから、迷わず数学者になろうと決心した。しかもその後、その決心は一度も揺らがなかった」「どうしてそんなに簡単に決められるの」「人生、思い込みだ。

あとは突っ走るだけ。自分の能力を疑わないことだ」。女房は「あなたみたいな単純な人はいいわね」と、半ば呆れたように、半ばうらやましそうに言った。

松下幸之助はかつて、自社の就職試験の面接で、「あなたは自分が運のいい人間と思いますか」と尋ね、運がよいと思っている人間だけを採用したという。よい仕事をなしとげるには楽観が何より必要、と知っていたのだろう。

数学の世界でも同じだ。数学者の仕事とは未だかつて解かれたことのない問題を解くことだ。取り組む前にいくつもの不安が胸に去来する。自分にそんな問題を解くだけの才能があるのか。それに、もしかしたらその問題は現代の数学水準を超えているかも知れない。例えば、百兆までに素数がいくつ位あるか、私ならものの五分で計算できるが、大天才ニュートンは一生かけても歯が立たないのだ。取り組む前ばかりか、証明が行き詰った時にも同じ不安が頭をもたげる。楽観的でないと問題にとりかかることも、証明を完遂することもできない。

フィールズ賞受賞者のポール・コーエン教授は、親切だが一風変わっていた。新しい問題を見せられると必ず開口一番、「オー　イッツ　ソー　イージー」と言ったらしい。そう言ってしばしば解けなかったそうだが。あの天才でも、あの天才だからこそ、楽観的になることが必要であることを熟知していたのだろう。

楽観の重要さを身にしみて知っている私は、三人息子を育てる時、いつも励ますことを心がけた。悪いことをした時は無論張り飛ばしたが、独創的な考えを示した時とか、弱い子や仲間外れの子にやさしくした時などは、誉めまくった。幼稚園にいた三男が「お祭りでもらった風船は、初め天井についているけど、何日かたつと床に落ちてくるよ。でもそれを窓ガラスでキューキューこすると、また天井に上って行くよ」と言った時。小学校四年生の次男が、不登校の続く友達を無駄と知りつつ毎朝、回り道をして迎えに行っていた時などだ。息子達は、女房に似て性格はイマイチだが、悲観により自らの能力に足枷をはめる、というような人間にはならなかった。

私はよい点をほめて励ますことが親や教師の仕事と信ずるので、大学でも学生達を励まし、自信と楽観を持たせようとした。自信はいくらあっても足りない。世の中に出れば自信を失わせるようなことばかりがこれでもかこれでもかと続くからだ。

先年、雑誌のインタビューを元ゼミ生に頼まれた。仕事の後の雑談で、「東京育ちの君が、京都でこうして頑張っているのを見るとうれしいよ」と言ったら、少し間をおいてから「先生、そう見えても私、一杯一杯なんです」と言った。ハッとした。背伸びして仕事をこなしながら、自らの能力や将来に疑念や不安を抱くこともあるのだろう。「一杯一杯なのは君だけではない。一生懸命に生きている人はみな一杯一杯なんだよ。実は僕だって一杯一杯だ」「えっ、先生が。でも私は先生と違って本当に一杯一杯なんです」「そう思うのは、君が僕より誠実というだけのことさ」。彼女は心持ち目をうるませながら微笑むと、「実は先生」と言ってカバンから透明ファイルに挟んだ二十枚ほどのA4用紙を取り出した。「これ先生のゼミでの私のレポートです。先生の書いて下さったコメントは私の支えなんです」。私は学生達に日頃から言っていた。「君達は今後、落ち込むこと、挫折することなどが必ずある、そんな時はほめ言葉を思い出すんだ。これまでに先生、親など権威ある人からほめられたことがあるでしょ、それを思い出すんだ。私のように気が強く自信過剰な人間でも時にはどん底に落ち込む。そんな時は一日に何度もほめ言葉を思い出さないと一日が終わらないこともあるんだ」。彼女はこれを忠実に守っているのだった。「ところで、そこにあるコメントはほめているんだろうね」「はい、激賞です」。彼女はそう言って初めて頬をバラ色に輝かせた。

米英の大学にいた時も、同じように学生に接した。ケンブリッジ大学でのディナーで、同僚の教授が博士を取ったばかりの弟子を私に紹介した。私は彼に、「君がこれから数学者として歩む上で一番大切なのは何といっても楽観だ。野心的な仕事に取り組むにも、挫折から這い上がるにもこれが必要だ。忘れずに頑張りたまえ」と励ました。彼は聡明そうな大きな目を光らせて「とても意義深いアドバイスをありがとうございます」と丁重に礼を言った。ところがこの十年後、彼は何と数学界最高のフィールズ賞をとったのである。私は受賞のニュースを目にするや、激しい羞恥で消え入りそうになった。私のごときヘッポコが、偉そうに大天才を励ましていたのだ。人を励まして後悔したのはこれだけである。

ふじわら・まさひこ（作家・数学者）　「文藝春秋」4月号

山椒魚《さんしょううお》は悲しんだ

堀川惠子

大好きな井伏鱒二について、もう少し書きたくなった。私と井伏さんの出会いは、たぶん多くの同世代と同じで、教科書で読んだ『山椒魚』だ。

「山椒魚は悲しんだ」

この書き出しには、今も惚《ほ》れ惚《ぼ》れする。だが、幼かった私はこの短い物語を読み終えた時、とても嫌な気分になった。それまで読んだ物語はハッピーエンドがお決まりだったが、山椒魚は岩屋に閉じ込められたままなのだ。

「山椒魚はどうなるの?」

切羽詰まった気持ちで図書室に行き、『山椒魚』が載った短編集を借りた。読み終えて、二度、ガッカリした。本も同じところで終わっていたからだ。なんとなく気になって、他の作品も次々に読んだ。

案の定、どの話もスカッと終わらない。『遥拝隊長《ようはい》』など、戦争から帰ってきて頭がおかしくなったおじさんが、村のあちこちでヤラかして皆を困らせるだけの話だ。ただ『山椒魚』と同じく、なにか切ないものが胸に残った。今ふりかえれば私にとって『山椒魚』は、物語を味わう初体験だったように思う。

井伏さんは面白い。例えば湖畔で貝を見つけると、それがメスかオスかを真剣に悩む。鳥の鳴き声ひとつにも想像を巡らせ、動物の気持ちを語らせたら右に出る者はいない。ウンチクの長さは親しい人を閉口させるほどだったという。

去年、都内で開かれた井伏展で『荻窪風土記』執筆時の記録を見ることができた。井伏さんの代表作のひとつで、取材対象への眼差《まなざ》し、音楽の旋律のような文章が印象的な作品だ。

大きな三越のバラ模様の包装紙に書きこまれた、近所の地図や噂話のメモは初公開で、井伏工場の裏側を垣間見るようでちょっと興奮した。初稿はめちゃめちゃに赤が入り、冒頭から書き直された章もある。サラサラ流れるような文章にも、凄《すさ》まじい推敲《すいこう》と変転があった。

しかし、井伏作品の中で『黒い雨』だけは異質だ。原爆投下の惨状を、これでもかと真正面から描いている。そこに軽妙洒脱《しゃだつ》な作家の姿は見当たらない。猪瀬直樹は著書『ピカレスク』で、原稿の3分の2は被爆者の手記のまま、加えた部分も体験を矮小《わいしょう》化するものだと酷評した。

例のNHKの番組で、井伏さんは重要な発言をしている。被爆者の体験に接して、

「あれはね、普通の人の真面目さになっちゃったの……」

被爆者の壮絶な体験記を筆の力で装飾したり、書き直したりすることを、井伏さんは好まなかった。先方の許可を得たうえ、手記をそのまま使った。原爆の破壊の前には文学も無力であることをさとった書き手の誠実さだと私は思う。

元兵隊が主人公の『遥拝隊長』も、実は奥が深い。井伏さんは昭和16（1941）年、マレー上陸作戦に作家として従軍している。そこで見た軍隊の不条理を、あの短編の中ののかなしいおじさんに投影した。

神国日本の命運をかけた一大決戦で、井伏さんは終始、調子外れだった。馬来《マレー》では水牛と白鷺《しらさぎ》が仲良しだとか、野鳥の集団移動が面白いとかを記事にしては検閲でボツられ、怠け者と不評を買った。おまけに山下奉文軍司令官に挨拶もせず尻を向け（当時は切腹

モノ)、直々に雷を落とされる栄誉にもよくしている。
井伏鱒二に、戦争は似合わない。

ほりかわ・けいこ(ノンフィクション作家)　「日本経済新聞」二月四日・夕刊

時計草に思う

佐伯一麦

南米を原産とする多年生の蔓草《つる》で、英語名で「受難の花」の意味を持つパッションフラワーこと時計草を知ったのは、私が1年間のノルウェー滞在から日本に戻ってきたばかりの1998年の夏のことだった。

いまは高齢になって閉めてしまったが、近所に茶店風の蕎麦《そば》屋があり、ひるどきたまに足を向けることがあった。そこの庭で初めて見かけて、蔓になっているので鉄線の種類だろうか、と首を傾《かし》げていた私は、連れ合いに時計草の名を教えられ、なるほどそう言われれば時計そっくりの花だ、と目を瞠《みは》った。

よく見てみると、淡い紅色に開いた10枚ほどの花弁（そのうち5枚は萼《がく》片だが、同じ色と形なので区別がつかない）の内側に、中程が白く先端と基部が紫色の糸状の副花冠がぎっしりと放射状に広がり、その中央に5本の雄しべと花柱が3本に裂けている雌しべがある。花びらと副花冠を分刻みの入った文字盤に、雄しべと雌しべを針に見立てれば、時計草とはいかにもふさわしい命名だと感じられた。

と同時に、何時を指すでもなく、どこか踏み迷ってしまった時間を暗示させるようで、ノルウェーで初めて体験したサマータイムから冬時間に戻っていた時間を、慣れている周囲をよそに自分だけ知らないでいたときに覚えた、時間が滞った戸惑いが蘇《よみがえ》りもした。

自分の所でも育ててみたいと思っていたが、そのうちに近所の時計草も枯れてしまい、半ば忘れてしまっていた頃、出かけた連れ合いが、時計草の鉢植えを抱えて戻ってきた。淡い空色の花を2つ付けており、ほかにも数個蕾《つぼみ》があった。やはり喪《うしな》った時間を感じさせるような花は、その半年前に起こった東日本大震災の翌朝に目覚めたときに、一瞬、居場所の感覚に混迷が生まれ、この時が夢であれかし、と願ったことを思い出させた。

その時計草の鉢植えは、ベランダに出したままにしてあったせいか、残念ながら冬を越させられなかった。次に、連れ合いが教えている草木染教室の生徒さんに、水に挿していたら根が出てきた、という状態でいただいた時計草は、鉢に植え、家の中に置くことで、冬を越すことにようやく成功した。

この数年は、越冬させることにも慣れてきて、夏になると時計草の蕾がいくつか膨らむようになった。経験上、たいがい午前10時から10時半の間に咲くことはわかっていたものの、外出していたり、ちょっと目を離した隙に咲いてしまったりして、開花の瞬間には巡り合うことができず、がっかりさせられてきた。

それが叶《かな》ったのは昨夏のこと。充分に膨らみを増した蕾を目の前にしてじっと待ち受けた。蕾の内側から招き寄せる匂いがしているのか、蟻《あり》が数匹来ている。待つこと数十分。蕾の外側の緑色の1枚が外側に弾かれるように反り開き、それを合図にしたかのように、次々に蕾に被っている緑色の一枚一枚がゆっくりと目に見える速度で開いていく。中の白い花びらも見えてきて、くねくねした白い糸のような部分が揺れながら開いていくのがわかる。すっかり開ききったとき、居間の時計を見遣《みや》ると、時計屋でよく見かける10時10分を指していた偶然には驚かされたものだった。

自宅に居ることが多かった今年の夏は、地植えして庭のフェンスに巻き付けたのと、ベランダの鉢植えとの時計草の開花をずいぶんと観察することができた。

時計草は虫媒花の一日花だが、確実に実（パッションフルーツ）を結ばせるためには人工授粉の必要がある。花が咲いた午後、花に近付いて覗《のぞ》き込むと、最初は3つに裂けて直立していた雌しべが、まるでフィギュアスケートのレイバック・イナバウアーのように反り返って雄しべと接しており、生殖の神秘に触れた思いとなった。それでも、念のために雄しべを人差し指の腹で撫《な》でて黄色い花粉を採取し、雌しべの先へとつけてやった。

パッションフラワーという英名の由来は、16世紀に南米へ渡ったイエズス会士がこの花を見て、かつてアッシジのフランチェスコが夢に見たと伝えられる十字架上の花と信じたことによる、という。葉は槍《やり》で、5本の葯《やく》はキリストが受けた5つの傷、巻きひげは鞭《むち》、子房柱は十字架、3本の花柱は釘《くぎ》を象徴しているなどと見立てた。

同じ花を見ても、文化によって連想づけることが、時計と受難と、こうも違うものかと思わされたものだが、現在の状況下で、時間に変容をもたらした、災厄という受難にも想念が及ぶようだ。

さえき・かずみ（作家）　「日本経済新聞」九月十三日

「愛は無償」と値切るな

ブレイディみかこ

外出規制中にママ友とオンライン飲み会をした。Ｚｏｏｍ（ズーム）飲み会が流行しているのを知り、私が提案したのだ。家族が寝静まってから居間やキッチンに集まってきたママ友たちは、グラスを片手にうっぷんを吐き出した。

「子どもがいると仕事にならない。結局、夜中に働くからずっと寝不足」

「勉強を見て食事させて一緒に遊ぶだけでも一仕事なのに、もう一つ仕事がある」

小学校低学年や幼児の子どもがいる働くママ友は特につらそうで、痩せたと言う人もいた。

インターネットなどを通じて単発の仕事を請け負うギグエコノミーの不安定さから医療への投資不足まで、ロックダウン（都市封鎖）は英国が抱えるさまざまな問題を炙《あぶ》り出した。だから識者はコロナ後の医療や労働の在り方について議論している。てっきり同じことが保育・教育の分野でも起きると思っていた。既存の経済は保育施設や学校に依存していることに人々が気づき、教育への投資不足や保育士の賃金の低さについて議論が巻き起こるだろうと思っていたのだ。

しかし、そうならなかった。ロックダウンの間、「保育」「教育」というセクターが経済から消えたからだ。ほとんどの家庭で、母親がその役割を果たしたからである。「休校になっても、親もリモートワークで家にいるのだから問題はない。医療関係者やスーパー従業員など、自宅勤務ができない人々の子どもだけ保育施設や学校に来るようにすればいい」という判断を下した政治家たちは、親と子が物理的に同じ場所にいさえすれば、親は平常どおりに仕事もこなせると考えているのだろう。コロナ休校で家にいる子どもの面倒を見るために仕事を休む親に、給与補償が与えられるのかという問題は、グレーゾーンであり続けた。雇用主から無給の休暇を取るように勧められたというママ友もいるし、解雇をほのめかされたケースもある。

他方、ふだんから限りなく最低賃金に近い給与で働いている保育士たちも貧乏くじを引かされた。保育園の閉鎖で最低賃金割れの給与補償で家に留《とど》まることを余儀なくされるか、または感染のリスクを冒し、職場に出て医療関係者らの子どもたちを預かっていた。保育サービス提供者の約四分の一が今年いっぱい事業を維持できるか不安に思っているという報道もある。

しかし、ロックダウンの部分的解除により、一時的にこうした懸念は弱まるだろう。六月から保育施設は再開になり、一部の小学校も学年限定で再開した。再開したのはレセプション（年長）と一年生、そして中学進学目前の六年生だ。なぜソーシャル・ディスタンシングさせることが難しい低学年や幼児から以前の生活に戻すのかと言えば、当然、親を仕事に行かせるためだ。

が、教員や保育士たちからは、職場に復帰するリスクを心配する声も上がり、組合もまだ学校再開は安全ではないと反対している。これを受け、ゴーヴ内閣府担当大臣はこう言った。

「もしも本当にあなたたちが子どものことを考えているのなら、子どもたちに学校にいてほしいと思うでしょう」

思い出したのは、Ｚｏｏｍ飲み会でのママ友の言葉だった。二歳児の面倒を見ながら仕事をするのがつらいとツイッターで漏らしたら、「子どもを愛していないのか」というリプライが来たと憤っていたからだ。

「子どものことを考えるなら」「子どもを愛しているのなら」とわたしたちはいつも脅迫される。親も保育士も教員も、子どもへの愛があるなら自己を犠牲にしろと言われるのだ。ロックダウン中に子どもの面倒を見ることへの補償が曖昧にされたのも、保育士の賃金が低いのも、教員の仕事が多すぎるのも、すべて根は同じなのだ。

愛に対価を求めるなという ねじれた理論で「子どもを育てる」という大切な仕事が過小評価されている。だが、本来、愛とセットにされるべき言葉は、犠牲ではなく幸福だろう。幸福な人に育てられた子どもは幸福な社会を志向するようになる。本当に子どものことや国の未来を考えるのなら、愛を値切ってはいけないのだ。


ぶれいでぃ・みかこ（保育士・ライター・コラムニスト）「東京新聞」六月二十四日・夕刊

踏破されぬ「巨大な山脈」

丸尾　聡

40年ほど前、高校の図書館にある現代戯曲は、別役実戯曲集ばかりだった記憶がある。山形出身でわたしよりも上の世代の渡辺えりさんも同じことをおっしゃっていたから、別役さんが中学高校時代を過ごされた長野市だからというわけではなく、日本全国である時代そんな感じだったのだと思う。

「日本の不条理劇を切り開いた」「独特の作風」「エッセイ、童話も多く手掛けた」……。別役さんの死去を知らせるネットの情報はどれも正しい。しかし、どう書けばいいのだろう。そう、もっと大きな、言ってみればつかんだと思ったら、吹き抜けていく風のような、そんな人で、そんな作品を書き続けた。

「蓄積する時間じゃなくてね、消費しちゃうんだよね、全部。悲惨な体験も、言葉にして外へ投げ出されることによって消費されちゃう。沈黙して自分の内側にため込むという蓄積ができなくなってきている。それは大きな問題だろうという感じがするんですよね」

5年ほど前、別役さんの話を聞いておかなきゃいけない、そんな思いで劇作家協会の会報誌「ト書き」で特集を組んだ。ご自宅で療養中の別役さんは、1階のダイニングにベッドを運び込まれて生活していた。しかし、口から出る言葉は驚くほど論理的で知的で、ゆっくりとではあったがよどみがなかった。先の言葉は、東日本大震災の後、僕がこのことを書くとしたら10年先だろう、という別役さんの言葉を受け、震災被害の当事者がマイクを向けられ語らなければならないことについて伺った問いへの返答。

蓄積された時間。思い。言葉。それを別役さんはごく静かに多くの作品として残された。そして、多くの劇作家、いやほとんど全ての劇作家に多大な影響を今現在も与え続けている。

唐十郎、つかこうへい、平田オリザ、宮沢章夫、岩松了、渡辺えり、ケラリーノ・サンドロヴィッチ…また、この劇作家たちの作品を見て演劇を志した人たちも、皆。もちろん、わたしも。

ある作家は「ナンセンスな笑い」に着目し、別な作家は「破綻のない美しい数式」とその戯曲を評した。「止まってる時間や時間を進めないもの」に興味を持つことが自分と似ているという人あり、「何のバックボーンも持たない極めてフラットな人物を造形し、その場のやりとりだけで演劇を作った」ことがすごい、あるいは「戦争がいかに人間をむしばみ、個人の発想や個性を脅かすか」が描かれている、「戦後、豊かさにシフトしていく中で、何かがぼろぼろぼろぼろ抜け落ちていく、そういう感覚」を書いている、そう言った人もいた。

別役実は、巨大な山脈だ。しかも、いまだ踏破されていない頂にあふれ、登攀《とうはん》ルートも未知なもの数限りない。

別役さんは亡くなった。だが幸いなことに140本を超える戯曲と、さまざまな文章、言葉を残してくれた。そして、それは演劇と関わりのある人、関心のある人だけにではなく、誰もに人間の「真実」を差し出し、考えさせてくれるものだと心から思う。

「どこかに書いたんだよ。男は定年退職したら出家すべきだって。出家したら人間でなくなるのよ。自由にしていい。人間である間はいろいろ難しいね」

本当に自由な風になったんですね、別役さん。今までありがとうございました。

まるお・さとし（劇作家）「信濃毎日新聞」三月十二日

人生最後のステージに立って

久田　恵

朝目覚めると、久しぶりに窓からやわらかな光が差し込んでいた。嬉《うれ》しくなって、庭に出て那須の山々を仰ぐと、朝の光の中で頂の雪がことのほか白く輝いている。あたりは、圧倒的な雲の波、波。

その切れ目、切れ目から青い空がのぞき、葉を落とした雑木林の木々をすかして果てしなく広がっている。

そんな冬の美しさの中にいると、人生の晩年にここに流れついてよかったなあ、という心持ちになる。

思えば、私は人生の多くを都会でストレスフルな日々を送ってきた。

しかも親の介護を二十年、シングルマザーで、会社にも勤められなかった。

そんな私が、今、ここでこう暮らせているのは奇跡のようなものだ、と思う。

世間には平穏な人生を送る人もいる。

けれど、私の場合はかなり想定外。とくに介護時代の二十年は、自分の未来に思いを馳《は》せたりすれば、介護中の親に罪悪感を覚えるという不条理な心の状況にあった。

長い介護を終えると、多くの人が介護鬱《うつ》に陥ると言われているけれど、私も三十九歳で始まった介護を終えたら、なんと六十歳。家にぽつんと一人残されて、かなり長いこと、心の整理がつかない日々を過ごしていた。

そんな私には、思い切って自らの人生のステージを変えてしまう必要があったのだと、今になれば思う。

しかも、あえて選んだのは過疎地ともいえる地方のサービス付き高齢者向け住宅。

ここに入居して、わずか三年だが、晩年の場として自ら選んだこの地で、私はこれまでの人生に勝るとも劣らない多くの事を日々学んでいる。

不便を生き抜くには、知恵を絞り、アクティブに暮らさねばならない。他人との関係は時に大変でもあるが、一方ではこれほど面白くスリリングなこともない。

先日、食堂での夕食中、皆で言い合った。

人生の晩年に、ここで出会ったってことは、私たちにとって「奇跡の出会い」だよね、と。

ここを自ら選んできたということは、みんな似たもの同士、変わりもの同士ってことよねえ、と笑い合った。


思えば、これからの長寿時代、晩年を過ごす最後の人生ステージになる高齢者施設は、子どもに「入れられてしまう場所」から、当事者が自ら「選んで入る場所」という時代へ向かっている。

背景には、高齢者の単身世帯化と介護の社会化という動きがある。

自分で選んだその場所は、会社の人間関係の場でもなく、同業者同士の関係でもない。シティ派とか、田園派とか、そんなざっくりとした新しい人間関係を作り合うコミュニティの場だ。

そこでの出会いを「奇跡の出会い」と思って楽しめるかどうか、それが重要だ。

ともあれ、人生にバラ色の場所が用意されていないのは確実。そこをバラ色にするのは自分しかいない。その覚悟をどう持つか、その力量が試されている、と最近しみじみと思われる。

ひさだ・めぐみ（ノンフィクション作家）「北海道新聞」二月六日・夕刊

リモートで、さようなら

最相葉月

この夏、長い介護生活が終わった。母が若年性認知症になったのは50代前半なので、遠距離介護を含めると約30年に及んだ。

いつか終わると思ってはいたが、何もかもが異例で、コロナ下の死をめぐるさまざまな課題に直面した。

亡くなる前日に容態が急変し、かかりつけの病院に搬送された。そこは新型コロナウイルスの患者を受け入れていない東京の小さな病院だったが、入院患者との面会は禁止されていた。危篤の知らせを受けて駆けつけたものの付き添いは認められず、昼までに帰るよう強く促された。母は午前中に亡くなったためぎりぎり看取ることはできたが、もう少しがんばっていたら引き離され、後悔が残る別れとなっただろう。

ちょうど同じ時期に知人の編集者も地方に住む父親をがんで亡くした。彼の場合も病院に駆けつけたら、スマホの画面越しでしか面会を許されなかったという。コロナでなくても死に目に会えない。私たちのケースは氷山の一角だろう。

インフォームド・コンセントといって、医師の説明を受けて同意書にサインする手続きにもこれまで以上の緊張感を覚えた。自分の目が届かない間に過剰な医療が行われないとも限らない。人工呼吸器や胃ろう、心臓マッサージなどの延命措置は行わないよう事前に伝えてはいたが、面会できず途中経過を十分把握できないまま承諾のサインをするのはむずかしかった。最後は手術するか否かの選択を迫られ、元気な頃の母の意志を尊重して手術しない決断を下したが、長い介護経験から心の準備をしていたためできたことだ。そうでなければ家族は葛藤し、どちらを選択しても自分を責めることになるのではないか。

葬儀も想定外だった。「3密」を避けるため、著名人も大きな葬儀やお別れ会が開けないといわれる今、葬儀社によれば、通夜や葬儀・告別式を行わずに火葬場でお別れをするだけの「直葬」が急増しているという。わが家はささやかな家族葬を行ったので直葬ではないが、地方に住む喪主の弟が当初、遺骨はゆうパックで送ってくれと頼んできたのには仰天した。上京して感染したらシャレにならないというのだ。町で初めて感染者が出たとき、まるで犯人捜しのようなことが行われたため神経質になっているようだった。

喪主不在の葬儀は考えられない。結局、弟は近隣に気づかれぬよう上京したが、外食はせず、飛行機以外の公共交通機関を利用しないで遺骨をそっと持ち帰った。感染に注意しながらも東京で普通に暮らす私には過剰反応に思え、もし誰かに非難されたら遺骨をもって抗議に乗り込んでやると息巻いたが、「わかってないのは東京の人だけや」と言われて返す言葉はなかった。喪主の務めを果たすのも命がけなのである。

ただ一つ、幸いなことがあった。上京できない孫たちのために葬儀をリモート中継したところこれが好評で、画面にくぎ付けだった。味気ないのは承知の上、それでも遺族が抱えることになる心残りを技術が少し軽くしてくれたことは確かだ。

コロナは私たちの死にまつわる常識を激しく揺さぶっている。いざとなったらどうするか。家族でよく話し合い、文書にしておくことをおすすめする。


さいしょう・はづき（ノンフィクションライター）　「南日本新聞」九月十三日

南の島のよくウナギ釣る旧石器人

藤田祐樹

魚を釣って食べるというのは、なんとも贅沢な楽しみである。鮮魚店に行けば、全国各地の新鮮な魚がたやすく手に入る昨今だが、たとえ小さなハゼや川エビでも、自分で釣って天ぷらや素揚げにすれば、よく冷えたビールがいつもよりずっと美味い。もう一杯余計に飲んでしまい、嫁にしかられる。しかられても、やめられない。釣りには、そんな麻薬的な作用がある。

私たちが釣りを行うようになったのは、旧石器時代のことだ。その証拠は、沖縄のサキタリ洞遺跡で発見された二万三〇〇〇年前の釣り針である。円錐形の巻貝（ニシキウズ科）の平たい底部を割って砥石で磨いた、幅一・四センチの、世界でもっとも古い釣り針だ。その発掘調査の詳細は、二〇一九年に上梓した拙著『南の島のよくカニ食う旧石器人』（岩波科学ライブラリー）で紹介したが、この洞窟に暮らした旧石器人は、川でモクズガニやカワニナを捕まえ、貝の釣り針を用いて川でオオウナギ、海でブダイやアイゴ、タイの仲間を釣っていたようだ。石槍でナウマンゾウをしとめる勇猛果敢な旧石器人に比べると、魚を釣り、カニを味わう旧石器人は、ひどく牧歌的で呑気に思える。だが、その釣り針の美しさを見たまえ。真珠層の輝き、均整のとれた湾曲、それに鋭くとがった先端からは、製作工程の繊細さに加えて、作り手の美学すら感じ取れる。

これほど見事な釣り針はないと私は思うのだが、二〇一六年に「旧石器時代の釣り針」を発表した直後から、「本当に釣り針か」「強度は十分なのか」「かえしがなくて釣れるのか」「アクセサリーじゃないのか」と、繰り返し疑問を投げかけられた。だが、世界各地の旧石器時代遺跡で魚骨は見つかっているし、釣り針が出土した遺跡もある。東ティモールでは一万六〇〇〇〜二万三〇〇〇年前の貝製釣り針、ヨーロッパでは一万九〇〇〇年前のマンモス牙製の釣り針が発見されており、南北アメリカ大陸でも一万年前には貝製釣り針が用いられていた。ならば、沖縄の旧石器人が釣りをするのも、特段に不思議なことではない。それに、湾曲した円弧状で先端が鋭く磨かれた、釣り針でない道具を私は思いつかないし、釣り針を知らない人が作った釣り針型のアクセサリーも見たことがない。何事にも疑問を持つのは科学の基本だが、自分が疑われれば悔しく、「そんなに言うなら、釣ってやるよ」と思うのが人情である。そうして憤懣やるかたなくなった二〇一八年八月、私の釣り実験は始まった。

ニシキウズ科の貝を材料に、サキタリ洞のものと似た大きさ・形の釣り針を作った。（ただし、釣り糸を結ぶ部分は壊れているので想像で補ったのと、製作を繰り返すうちにやや大きく、先端が鋭くなったのはご容赦いただきたい。）もちろん、文明に甘やかされた現代の私は、電動ルーターやダイヤモンドやすりで貝殻を切ったり磨いたりした。だが、どんな工具を使っても完成した釣り針の強度に影響はないはずだから、貝製釣り針の機能を確かめる実験は成立する。糸も現代のものを使った。今回の目的は旧石器時代の頑丈な糸を探ることではなく、貝の釣り針で魚が釣れるかという疑問に答えることだからだ。

対象とする魚は、旧石器人も釣っていたとみられるオオウナギに決めたが、私の住む関東には生息していない。次の沖縄出張を待つ間、自分で作った釣り針を、並べては眺め、裏返しては見とれ、磨き上げた先端をさわってはほくそ笑むうちに、とうとう我慢ができなくなった。

ぼうず　「おっとう、この釣り針、うまくできたじゃろ？」
おっとう「おお、立派な釣り針だ。きっとよく釣れるぞ」
ぼうず　「ああ、早く釣りたいな。ちゃんとウナギが釣れるかなあ……」
おっとう「釣れるさ。ほれ、この前おっとうが大きなのを釣ったじゃろ」
ぼうず　「あれはすごかった、おいらもあんなの釣りたいよ。早く夜にならんかなあ……」

自分の釣り針を初めて作った旧石器人も、きっと、いてもたってもいられなかったに違いない。私も同じ気持ちで、釣り針を作った翌日には、近所の釣り池にいそいそと繰り出していた。

ナイロン糸に自慢の釣り針を結び、食パンを餌に池に放り込む。心躍らせ待っていると、程なくして糸がゆらりと動いた。池の底で、コイが餌を吸い込もうとしているのだ。緊張して見守ると、やがて糸が一方に走り始める。「すわっ」と合わせると、グングンと心地よく竿が震え、間もなく水面に魚影が浮かんだ。二〇センチ程の小さなコイだ。「かかった！」と声をあげると、「マジか！」と、一緒にいた当時小学六年生の次男がかけよってきた。釣り上げる瞬間を映像に残すため、次男に撮影を頼む。「カメラどこ？」「かばんのポケット、動画で撮れよ！」などと言い合う間、魚はバシャバシャと水面を波立たせている。少しもたついたが、やっと次男が録画を始めた。

「今、かかりました……、あっ！　ああっ！」

解説を始めた瞬間、針からはずれてしまった。うーん、残念。撮影を待たず一気に引き抜くべきだったが、後悔先に立たず。でもまあ、次のチャンスがすぐあるさ……。そう自分に言い聞かせたが、調子のいいのは最初だけということが、釣りではよくある。この日は、続くアタリ（魚が針にかかったときの手応え）のないまま夕方を迎えた。それから数か月、休みのたびに池に通ったが、アタリはあるが針にかからない日々が続いた。最初は喜んで協力していた息子も、みるみる興味を失っていく。

「釣り行くか？」

「行ってもいいけど、俺は普通の釣り針使うよ」

「釣り行くか？」

「どうせ釣れないから時間の無駄だよ」

どうやら私の釣り実験は、小学六年生をして「時間の無駄」と言わしめるようなものらしい。手塩にかけて育ててきた息子に、さように心無い言葉を浴びせられるとは。まこと育児とは、虚しき行為である。

　育児の虚しさを感じる一方で、沖縄へ出張するたびに、オオウナギ釣りにも挑戦した。最初の試みは、二〇一八年の八月の終わりである。暑い盛りの沖縄の夜、アオバズクの声が響き、オオコウモリが静かに舞う沖縄島南部の川を訪れた。飛び交うホタルが儚げに瞬き、川の水音の合間に、カジカガエルの鈴のような声が漏れ聞こえる。川底の岩陰にはモクズガニが身を隠し、ヘッドライトを反射してテナガエビの目が輝いている。

　川べりにも川底にも生命があふれているのに、そこにオオウナギの気配はない。いささか不安を抱きながらも得意の釣り針を準備して、唐揚げを餌に川へ放り込んだ。テナガエビとヨシノボリが群がり、水中を空しく唐揚げが揺れ動いている。その様をしばし眺めていたが、やがて暗いほうがよいかと思いライトを消した。暗闇に一人佇むと急に心細くなり、川音が気になる。ハブが忍び寄ってきそうな気もする。弱気を我慢していると、餌竿を持つ手にコツコツコツと小刻みな振動を感じた。「あれ?」とライトをつけると、餌が流されたのか、糸の先が岩の下に潜りこんでいる。どうやら針が岩に引っかかったようだ。引いてもピクリとも動かず、角度を変えて何度引いても、困ったことにはずれない。岩場を飛び移りながら、方向を変えて繰り返し引くうちに、ついに糸が切れてしまった。

苦労して作った釣り針を失い、絶望的な気分になる。が、まだ針はある。それにしても、なぜ岩の下に針が入ったか……。首を傾げつつ、次の針を投げ込んだ。こんどは弱めの明かりで目を凝らしていると、程なくして理由がわかった。先ほどの岩の下から、黒く細長い影がゆっくりと伸びだしたのだ！

「！！！」

あわてて明かりを強めると、その影は静かに岩の下に戻っていく。「照らされるのは嫌なのか……」。ライトを弱めて待つと、影は再び餌に忍び寄る。竿にぎる手も汗ばむが、明かりを警戒しているのか食いつこうとしない。仕方なくライトを消すと、間もなくコツコツコツとアタリがあった。「今度こそ！」と竿を上げたが、ライトを点ける動作でアワセ（魚の口に針を掛ける動作）が一瞬遅れた。明るくなったときには既に、糸の先は岩の下に潜っていた。今度はオオウナギの引きを感じるが、綱引きを始めて間もなく、また糸が切れてしまった。悔しさで身もだえするばかりだが、このまま続けても針をなくすだけだ。作戦を練り直そう……。

そして翌月、今度は沖縄県立博物館・美術館の学芸員で釣り好きの宇佐美賢さんに協力を求め、より頑丈な糸で、竿を使わない手釣りに変え、二度目の釣り実験に赴いた。

川に着いてしばらくすると、オオウナギが二匹も三匹も活発に泳ぎはじめた。驚きながら針を投げ込むと、期待にたがわずウナギが勢いよく食いつく。間髪入れずアワセたら、いとも簡単にオオウナギを引き抜けた。「よっしゃ！」と思った瞬間、ウナギが身をよじると、なんと針が折れてしまった！ ウナギは宙を舞って、水中へと姿を消す。信じられない出来事に、呆然とする。貝の針は、ダメなのか……。

だが、後で折れた針を観察して、原因がわかった。作り方がまずかったのだ。貝の真珠層は、幾重にも重なって成長するが、この層と層は剝がれやすい。そのため、真珠層の面にそって釣り針を作らないと頑丈にならない。それを知らずに作った私の針は、真珠層の成長方向が途中で変化しており、オオウナギの重みに耐えきれなかったのだ。

折れない釣り針を作るには、真珠層の成長方向を見極めることが肝心だ。だが、いったいどうやって見極めるのか……。貝を眺め、釣り針を見つめ、また貝を観察し、繰り返すうちに気がついた。針がピカピカと輝くように作ればよいのだ。そういえば、二万三〇〇〇年前の釣り針も、全体が輝いている。旧石器人は、頑丈な針の作り方をちゃんと知っていたのだ。だが、それを証明するには、何としてもヤツを釣り上げなくてはならない。

それから困難な日々が続いた。関東でコイを狙っても針にかからず、夏が終わり、秋が過ぎるころにはアタリすらなくなっていった。沖縄でも同様で、一〇月には大物がかかったが糸を切られ（ということは、針はしっかりかかって頑丈だったのだが）、一一月にはウナギの活性が低下して針にかからず、一二月には粘りに粘ってやっと食いついたオオウナギを水面まで上げたところで、針が外れてしまった。惜しいところまで行きながら、毎回釣り上げられないもどかしさに苦しみ、一月を過ぎるとオオウナギがまったく餌に興味を示さなくなった。エビやカニも姿を見せなくなり、川は静まり返っている。これでは旧石器人とて、川を離れて他に食料を求めるしかなかっただろう。

私たちも釣り実験を休止して、再びウナギたちの活性が高まる季節を待った。冬を耐え、春を忍び、そして最初の挑戦から一年たった二〇一九年八月、今度こそと奮起して川に赴いた。だが、期待に反してウナギの気配がない。失敗続きで心の弱った私たちは、言葉も少なく糸を垂らす。ライトを消すと水音が気になるのもいつもどおり。この感じで、今日も釣れないのか……と、宇佐美さんと私の脳裏に弱音がかすめた矢先、コツコツコツと特有のアタリを感じた。

「あ、きてるかも……」

そう言っている間にも、指先に確かな引きを感じる。

「きたきたきた！」

叫ぶ私に、宇佐美さんがライトを点けてよいか尋ねる。「大丈夫です、もうかかってます！」と応じながら、力いっぱい糸を引いた。ズシリと重い手ごたえに続いて、恐ろしい力で引きこまれる。負けまいと力をこめると、ヒモずれで指の皮膚が裂けた。鋭い痛みをこらえながら糸を持ち直すと、まもなくオオウナギが水面に姿を現した。大きなしぶきにライトが反射してよく見えない。が、ウナギがあばれる度に強い手応えを感じ、夢中で引き続けるうちに、ついに宇佐美さんの構えるタモ網にウナギが収まった。

「やったー！　すげー！」

「針はちゃんとかかってますか？」

安堵すると同時に明かりをつけると、タモ網の中でもがくウナギの口から、糸が出ている。引っ張ってもまったくはずれる気配がない。

「しっかりかかってます。たぶん飲み込んでる。ぜんぜんはずれない！　すげー！」

大興奮で次々と言葉が出る。自分で作った貝の釣り針で、やっと釣れたオオウナギ。九五センチ、三キロの大物である。釣り針の性能を証明した喜びより、やっと釣り上げた興奮が圧倒的に強い。結局のところ、私の作った釣り針は、旧石器人のものと完全に同じではないし、糸も現代のものを使い、最後はタモ網で取り込んだ。それでも、かえしのない貝の釣り針が、三キロのオオウナギを釣り上げるほど頑丈で機能的であることは確かめられた。

喜びと安堵と興奮が混ざった気持ちで、遠い昔に思いを馳せる。旧石器人もまた、私と同じように釣り針の作り方を工夫し、夜ごとに川の様子を覗い、ウナギの行動を観察し、釣り上げる方法を模索したのだろうか。そして、苦労の末にオオウナギをやっと釣り上げたとき、嬉しさに我を忘れただろうか。食糧を得た喜び以上に、大物を釣り上げたことに興奮しただろうか。会う人ごとに手柄を自慢し、大切な釣り針を眺めては誇らしく思っただろうか。

ぼうず　「おっかあ、見てよ。この針で釣ったんだ」
おっかあ「おやまあ、見事な釣り針だねえ。お前が作ったのかい？」
ぼうず　「そうさ。よくできてるじゃろ？　それにオオウナギの強さときたら、手がちぎれるかと思ったよ！」

おっかあ「そうかい、お前もずいぶんたくましくなったねえ」
おっとう「まったくだ。あの大物を釣り上げたんだから、立派なもんじゃ」
ぼうず「ふふん。まあ、あのくらいなら、大したことないけどな」
おっとう「それに、最後はおっとうも助けたしなあ……」
ぼうず「本当は手伝いなんかなくったって、大丈夫だったさ！」
おっとう「そうかね、じゃあ次は一人でやってみることだ」
ぼうず「やってやるさ！」
おっかあ「さあさあ、言い合いはそこまで。ウナギが蒸し上がりましたよ」

そんなやりとりがあったかどうか知らないが、私の思い浮かべる南の島の旧石器人は、今宵の食事を楽しんでいる。初めて釣ったオオウナギは、きっと特別に味わい深いことだろう。

ふじた・まさき（人類学者）「図書」1月号

一休和尚の教え

秋山　仁

頓知咄《ばなし》を通じて多くの人が幼少の頃から親しんでいる一休和尚(一三九四－一四八一年)は、マラリアにかかって87歳で亡くなっている。

一休という名は、修行時に禅問答で問われた時の彼の答えに由来するという。ちなみに、その問いは、『ある修行僧が何千キロも歩いて訪ねた禅師に、「どこにいたのか?」「どこで修行したのか?」「いつ、そこを発《た》ったのか?」と聞かれて正直にそのまま答えたところ、師から60発の棒たたきの罰を受けた。汝《なんじ》だったら禅師に何と答えるか?』という〝洞山三頓の棒〟と呼ばれる問題だった。一休さんは「煩悩の世界におりましたが、そこを出発して悟りの世界に向かう(修行)途中で一休みしているところであります。現在の心境は、世の中はすべて空であり、なるがままになれ、です」という趣旨の返答をしたという。

一休和尚は、応仁の乱で荒廃した大徳寺を再建し文化人の集う寺へと導く高僧としての務めを果たす一方、戒律や形式にとらわれず破天荒で人間臭い生き方が多くの人に親しまれ、真面目に仏教の教えを説くよりも却《かえ》って広く多くの人に〝物事を異なる視点から眺めること〟〝物事の価値は見る人の心で決まること〟〝中身のない形式に惑わされず本質のみ問うこと〟〝苦難から抜け出す心の持ちよう〟等を教えたといわれている。

一休和尚は臨終の際、大徳寺の僧侶たちに「この遺言状は、将来、この寺に大きな問題が生じた時に開けよ」と遺言したそうだ。百年後、大徳寺の盛衰に関わる大問題が発生し、僧侶たちはそれを思い出してすがる思いで開けてみたところ、「ナルヨウニナル。シンパイスルナ」と書かれてあったそうだ。

「この世は空であり、執着すべきものなどなく風吹かば吹け、雨降らば降れ、我、ただやるべきことをやるのみ」と、禅寺の者なら悟りの境地にあるはずだが、それでも万が一、その境地にいられない状況に置かれた後輩たちのために、わかり易い言葉で悟りの境地をしたためておいたということだろう。

コロナ禍で、さまざまな規制や自粛が求められ続け、休校が長期に及んだ学校では学習の遅れを取り戻さねば、と何かとネジを巻かれるご時世だ。生真面目一本で通そうとするのでなく、一休和尚のように、本質をよく見て、肩の力を抜くという寛容さをもって、コロナ対策と同時に人間らしい日常をバランスよく保ちたいものだ。

あきやま・じん（数学者）「信濃毎日新聞」七月一日

自分なり

角田光代

源氏物語は長い、とは思っていたけれど、その長さを体感してみると、思っている以上にずっとずっと長かった。五十四帖目の「夢浮橋」は思いのほか短くて、すっと終わってしまうので唖然とした。終わっても、さらにゲラ読み作業を三度ほどしなければならないので、解放感はなかったけれど、でも最後の文章をパソコン画面に打ち終えた日を六月十七日と覚えているのだから、無意識に感慨に耽っていたのだろう。

終わってみての感想は、長かった、ということと、読んだ、ということだ。訳すというのは物語のなかに分け入って自分なりに理解することなのだと、これも体感した。だから今私は源氏物語を理解しているけれど、でもそれはあくまでも「自分なりに」だ。

高校時代に授業で古典を習った際、私は源氏物語にはまったく興味が持てなかった。

好きだったのは方丈記や枕草子だ。高校を卒業してから多くの場面で、さまざまな友人たちが、「源氏物語に登場する女性でだれが好きか」と話すのを見てきて、その都度ひそかに驚いていた。この人たちは高校時代にきちんと勉強しただけではなく、好き好んで源氏物語を読んだのだな、だからこんな高尚な会話ができるのだ、と思いながら、私はいつもその会話に加われないでいた。現代語訳に取り組んでいるさなか、幾度かそのことを思い出し、訳が終われば私もあの会話に入ることができるだろうと思っていた。だれそれが好き。だってね……と、みずからの恋愛観と女性観と人生観をその女性に託して、話せるだろうと思っていた。

けれどもだれも好きにならなかった。作者はきっとこの登場人物は好きだろう、この人は嫌いだろうとは思ったが、私自身が強く思い入れるような女性はいなかった。でも印象に残っている女性たちはいて、それはたとえば精神を病んだ鬚黒《ひげくろ》の妻だったり、早口で話す近江の姫君だったり、薫と匂宮《におうみや》と浮舟の騒動で大活躍する侍従と右近だったりする。こうした端役が物語のなかで絶妙なスパイスのように効いていて、「うまいなあ」とうなってしまうが、それは「好き」というのと違う。

女性たちのことだけでなく、訳を終えれば私も源氏談義に加わることができると思っていたけれど、じつは、好きな登場人物のことだけでなくて、この物語のことをあんまりだれとも話したくない、と気づいて意外な気持ちになった。たとえばだれかが「六条御息所《ろくじょうのみやすどころ》はプライドが高い」と言ったとする。そうだねと私は言いながら心のなかで「プライドかなあ？　好きな男より六歳年上な上に、みっともないところを見せたくないから毅然としようとしているだけなんじゃないの」と思っている。「宇治十帖が好き」と言う人に、その理由を訊くことはできるが、たぶんその理由に私は納得しないばかりか反発すら覚えるかもしれない。現代語訳をはじめる前の、「光源氏はスーパーヒーローでやりたい放題」と思っていた私自身にたいしてさえ、「それはそうだが、でもそんなヒーローも老いるのだよ」と言いたくなる。

これはつまり、自分なりに理解することで私は源氏物語を自分だけの所有物にしてしまった、ということだ。正誤とはまったく違うレベルで、私の持ちものとは異なる物語があると知らされると、嫉妬に似た感情が生じるのだと思う。これは自分でも思いもしなかった感情である。

それで思った。この物語は千年の長きにわたって、「時代なりに」「その時代を生きる人々なりに」さらに細分化して「その人なりに」理解され、所有され続けてきたのだろう。

宇治十帖好きの私と同世代の友人と、百年前を生きていただれかと、百年後を生きているだれかと、私は、同じひとつの物語を私だけの物語として持つことができる。時代と場所とその個人によって、無限に繁殖する力を持った物語なのだ。

おそらく私は、自分にはまったく縁がないと思っていた長い長い物語を、期せずして自分のものにできてしまったことに興奮し熱くなって、それでだれとも源氏談義をしたくない状態になっているのだと思う。興奮と熱が冷めればきっと、源氏物語好きの多くの人たちと同じように、あれこれ話したくなるのに違いない。自分以外の人たちが所有するそれぞれの源氏物語について、聞きたくなるのに違いない。

こんなふうに物語に分け入って読むこともはじめての体験だったし、所有したその物語をだれのものとも比べたくない、などという子どもじみた気持ちになるのもはじめてのことだった。現代語訳をしたことで自分が何を得たのか得ていないのか、どんな影響を受けたのか受けていないのか、今はまるでわからないけれど、このはじめての体験を、のちのち幸福な時間として思い出すだろうことは予想できる。

かくた・みつよ（作家）　「文藝」夏号

ベスト・エッセイ2021

2021年8月27日　第1刷発行

編　著　日本文藝家協会
発行者　吉田 直樹
発行所　光村図書出版株式会社
東京都品川区上大崎2-19-9
電話 03-3493-2111(代)

印刷所　株式会社加藤文明社
製本所　株式会社難波製本

ISBN978-4-8138-0370-6　C0095
定価はカバーに表示してあります。

今日では不適切と思われる表現については、
作者の意向を尊重いたしました。